Jeanne Benameur

DAS GESICHT
DER NEUEN TAGE

Jeanne Benameur

DAS GESICHT DER NEUEN TAGE

Roman

Aus dem Französischen
von Uli Wittmann

OKTAVEN

Die Originalausgabe mit dem Titel *Otages intimes* erschien 2015 im
Verlag Actes Sud, Le Méjan, Place Nina-Berberova, 13200 Arles.

1. Auflage 2017

Oktaven

ein Imprint des Verlags Freies Geistesleben
Landhausstraße 82, 70190 Stuttgart
www.geistesleben.com

ISBN 978-3-7725-3001-2

🅴 auch als eBook erhältlich

Copyright © Actes Sud, 2015
Für die deutschsprachige Ausgabe:
© 2017 Verlag Freies Geistesleben
& Urachhaus GmbH, Stuttgart
Gestaltungskonzept: Maria A. Kafitz
Umschlagfoto: Katinka Dullweber / vollkornbrot / photocase
Satz: Bianca Bonfert
Druck: GGP Media GmbH, Pößneck
Printed in Germany

Für meine Mutter (1916 – 2015)
Und für Majid Rahnema (1924 – 2015)

Möge uns die Nacht wohlgesinnt sein
Möge unsere Rückkehr ins Dunkel prunkvoll sein
Möge der Traum so klar sein wie die Kindheit

François Cheng
À l'Orient de tout,
Poésie/Gallimard, 2005.

Es war einmal, es waren tausende und abertausende Male, ein Mensch von anderen Menschen dem Leben entrissen.

Und diesmal war es dieser Mensch.

Er hat Glück. Er ist lebendig. Er kehrt heim.

Drei Worte, die in seinen Adern hämmern, Ich kehre heim. Seit er begriffen hat, dass man ihn tatsächlich freilässt, hat er sich in diese drei Worte zurückgezogen. Hat in ihnen Zuflucht gesucht, um Blut und Knochen zusammenzuhalten.

Warten. Sich nicht gehen lassen. Noch nicht.

Eine verfrühte Euphorie hat verheerende Folgen, das weiß er. Das kann er sich nicht erlauben, auch das weiß er. Daher kämpft er. So wie er gekämpft hat, um sich nicht von panischer Angst überwältigen zu lassen, als ihn vor mehreren Monaten ein paar Männer in einer wild gewordenen Stadt brutal gepackt, buchstäblich dem Bürgersteigrand «entrissen» und ihn blitzschnell mit Gewalt in ein Auto gezerrt haben; als sein ganzes Leben plötzlich zu einem kleinen Kieselstein geworden ist, den man in einer Westentasche fest umklammert hält. Er versucht sich zu erinnern. Vor wie vielen Monaten genau? Er weiß es nicht mehr. Er wusste es, hat die Tage gezählt, aber jetzt weiß er nichts mehr.

Heute Morgen hat man ihn aus dem Raum geholt, in dem er eingesperrt war, und ihm die Fußfesseln abgenommen, wie jeden Morgen und jeden Abend, wenn man ihn mit verbundenen Augen zu dem stinkenden Loch führt, das als Toilette dient. Aber er hat nicht achtzehn Schritte gezählt, wie gewöhnlich, sondern neunzehn, zwanzig, einundzwanzig ... dann hat er mit klopfendem Herzen aufgehört zu zählen. Man hat ihn, noch immer mit verbundenen Augen, zu einem Flugzeug geführt.

Worte sind in Englisch ausgesprochen worden, der einzigen Sprache, in der man sich in dieser ganzen Zeit an ihn gewandt hat. Es war nicht die unverwechselbare Stimme jenes Mannes, der manchmal zu ihm kam, um ihm etwas über ihren gerechten Kampf zu sagen. Und plötzlich fiel das Wort «frei» auf Französisch. Zum ersten Mal ein französisches Wort. Das hat ihn fast zu Tränen gerührt. Das Wort und die Sprache, beides zusammen, da zersprang etwas in seiner Brust.

Der Akzent war so stark, dass er befürchtete, nicht richtig verstanden zu haben, er wiederholte Frei? Man erwiderte ihm Yes, frei, und das Wort «Frankreich».

Da begann er unentwegt Frankreich zu wiederholen. Und darauf folgten die drei Worte: Ich kehre heim. Daran klammerte er sich.

Seither befindet er sich zwischen zwei Welten. Nicht mehr wirklich gefangen, aber auch nicht frei. Damit kommt er nicht zurecht. Innerlich.

Durch die Entführung ist sein ganzes Leben aus dem Gleis geraten. Man hat ihn mit einem Schlag von der Freiheit in Gefangenschaft versetzt, aber die Sache war klar. Das war ein Akt der Gewalt. Doch seither ist die Gewalt heimtückisch geworden. Sie wird nicht mehr ausschließlich von den anderen ausgeübt. Er hat sie verinnerlicht.

Die Gewalt besteht darin, sich auf nichts mehr verlassen zu können. Nicht einmal auf das, was er empfindet.

Er kann sich nicht der Freude des Wortes «frei» hingeben, unmöglich. Zustand der Schwebe.

Solange er noch nicht am Ziel ist, von Händen berührt wird, die er kennt, solange er nicht überall ringsumher Worte in seiner Sprache hört, wie oft hat er nur davon geträumt, bleibt er zwischen zwei Welten. Und hat Angst.

Der Druck, der auf seinen Rippen lastet, ist zu stark, er kann kaum noch atmen. Er hatte einen Luftzug auf der Haut gespürt, bevor er ins Flugzeug stieg, eine äußerst intensive Empfindung. Und nun versucht er, sich innerlich auf ein Musikstück zu konzentrieren. Während seiner ganzen Gefangenschaft, wenn alles in seinem Kopf zu explodieren drohte, war es ihm nur auf diese

Weise gelungen durchzuhalten. Er hätte nie gedacht, dass er dieses Musikstück noch so gut in Erinnerung hatte. Schon seit langen Jahren hatte er sich vom Klavier seiner Kindheit und Jugend abgewandt. Seit Jahren lebte er nur noch für seinen Beruf als Kriegsreporter: Bericht erstatten, informieren, möglichst wahrheitsgetreue Fotos machen, die die Welt so wiedergeben, wie sie ist, mit all ihren Schrecken, aber manchmal auch mit einer Vitalität, die allem widersteht. Sein Klavier war in weiter Ferne. Aber an eine Partitur erinnerte er sich noch. Das Trio von Weber. Und er hat sich alle Mühe gemacht, sie wiederzufinden, Ton für Ton. Hat an Enzo gedacht, den langjährigen Freund, und den warmen, kräftigen Klang seines Cellos, an Jofranka, ihre Seelenfreundin, und den ernsten, zarten Klang ihrer Querflöte. Mit dieser Erinnerung flößte er sich Ruhe ein, wenn ihn die Verzweiflung zu übermannen drohte. Dann konzentrierte er sich, um die Töne wiederzufinden, und begleitete Enzo erneut, der schon von jener Kraft erfüllt war, um die er ihn beneidete, und ihre kleine Jofranka, wie damals, als sie noch Kinder waren, in ihrem Dorf. Er versucht, sich auf die Atemübungen zu konzentrieren, die sie vor langer Zeit gelernt hatten, um das Zwerchfell geschmeidiger zu machen und mit dem Bauch zu atmen. Das kann die Angst besänftigen. Zumindest ein wenig.

Unmöglich. Irgendetwas Dumpfes schlägt in seinem Inneren wie eine Kriegstrommel. Alles, was er in all diesen Monaten unter Verschluss zu halten versucht hat, ist da, ganz nah, unter der Haut. Er ist kurz davor, am ganzen Körper zu zittern, so wie er andere Männer hat zittern sehen, mutige Männer, Kämpfer. Und doch wurde ihr Körper plötzlich von entsetzlichen krampfhaften Zuckungen geschüttelt.

Er muss mit den drei Worten Ich kehre heim durchhalten. Zuflucht in ihnen suchen. So wie er als Kind gelernt hatte, sich in einen Farbfleck auf einem Foto oder in die Krümmung eines Baums, den er durchs Fenster sah, hineinzuversetzen. Alles andere vergessen. Ich kehre heim ich kehre heim, nur noch mithilfe dieser drei unscheinbaren Worte atmen, bis ... Manchmal überwältigt ihn mit einem Schlag die Freude, doch er verscheucht sie, aus Angst, verrückt zu werden, falls alles im letzten Moment scheitert, das hat man schon oft genug erlebt. Die Freude in Schach halten, sich in diesen drei Worten verkriechen. Es gibt keine andere Zuflucht.

Im Flugzeug versucht er nicht, die Beine auszustrecken. Er winkelt die Knie an, lehnt den Kopf nicht an die Rückenlehne.

Sein ganzer Körper zieht sich zusammen. Irgendeine dunkle Macht ist jetzt am Werk, versucht, den

Abstand zwischen Ich und kehre heim zu vergrößern. Und er zwischen den beiden. Ein Abgrund. Diese Worte in seinem Kopf zusammenhalten, nicht zulassen, dass sich ein Zwischenraum zwischen ihnen bildet. Wenn er diese Worte ebenso fest zusammenhält wie seine zusammengepressten Handflächen, kann nichts passieren, nichts. Er wirft keinen Blick auf seine abgemagerten Arme, weigert sich, an seine Beine zu denken, wenn er aufstehen und gehen muss. Nur hierbleiben, zusammengekauert im Ich kehre heim. In der Schwebe. Wie das Flugzeug am Himmel.

Zeit vergeht.

Er öffnet und schließt die Augen, prüft die simple Fähigkeit, nur mit seinen Augenlidern für Licht oder Dunkelheit zu sorgen. Sie haben ihm die Augenbinde abgenommen, als das Flugzeug so hoch flog, dass er nichts mehr vom Erdboden erkennen und später keine Informationen weitergeben konnte. Der Mann, der ihn begleitet, trägt eine Sturmhaube und sagt kein Wort, in der Hand hält er eine Waffe, die auf seinen Schenkeln ruht. Hatte er ihm an diesem Morgen die Nachricht verkündet? Einen Augenblick hatte sich ihm vor panischer Angst der Magen zusammengekrampft. Und wenn sie ihn, sobald sie in der Luft waren, aus dem Flugzeug warfen? Er hatte genügend solcher Bilder gesehen, um sie nie vergessen zu können. Die panische

Angst ist da, direkt unter der Haut. Eine Kleinigkeit reicht aus, um sie zu wecken. Die Sturmhaube und die erst in großer Höhe abgenommene Augenbinde haben ihn jedoch beruhigt. Man trifft nicht so viele Vorkehrungen mit jemandem, der sterben soll. Vielleicht lächelt der Mann unter seiner Sturmhaube. Wenn sie ihn freilassen, müssen sie wohl erreicht haben, was sie erreichen wollten. Wo sind die beiden anderen, die gleichzeitig mit ihm entführt worden sind und die er nie wiedergesehen hat? Er schließt wieder die Augen.

Die verbundenen Augen, das wusste er aus den Berichten all derer, die vor ihm das Gleiche erlebt hatten. Das hatte ihn nicht überrascht. Die Augen werden sofort verbunden. Das wusste er, ja; aber mit einer Augenbinde leben zu müssen ist etwas anderes. Die Dunkelheit am helllichten Tag. Und alle Gedanken, die verrücktspielen. Der Eindruck, ausgeliefert zu sein, völlig schutzlos, derart verwundbar. Man kann nichts mehr vorwegnehmen, läuft wie ein Greis, mit unsicherem Schritt. Und es fällt einem ungemein schwer, all das zu erfassen, was die Ohren von der Umwelt wahrnehmen. Als lähmte die Augenbinde anfangs mit einem Schlag alle Sinne, anstatt sie zu schärfen. Die Dunkelheit dauert so lange, dass man jegliches Zeitgefühl verliert.

Er legt die flache Hand auf die Augenlider.

Damit die Zeit erneut zunichtegemacht wird. Damit alles wieder in Dunkelheit versetzt wird, bis er sicher ist, am Ziel zu sein.

So hat er wochenlang, monatelang gelebt. Er konnte sich nicht vorstellen, wie es sein würde, den Wechsel von Licht und Dunkel wiederzufinden.

Er presst die Hand auf die Lider. Er kann damit aufhören, wann er will, er braucht nur den Druck der Finger zu verringern, die Handfläche ein kleines bisschen zu entfernen.

Die Augenlider öffnen.

Das Tageslicht wiederfinden.

Wie alle anderen.

Die Menge, die am Rollfeld wartet, wird von Stunde zu Stunde dichter. Sie besteht aus Journalisten und Sympathisanten, die die Geschichte dieses Pressefotografen Schritt für Schritt verfolgt haben. Bemerkungen werden laut

Er hat keine Angehörigen, niemanden ...

Man weiß nichts Genaues ... es ist so gut wie nichts durchgesickert ...

Ja, aber du siehst doch, dass außer der offiziellen Delegation niemand da ist ... keine Frau, keine Kinder ...

Wie alt ist er eigentlich?

Um die vierzig, oder?

Jemand sagt Nein nein er ist älter, eher um die fünfzig ...

Na, auf den Fotos wirkt er aber jünger ...

Eine Frau, die ein Mikrofon mit dem Logo eines bekannten Radiosenders in der Hand hält, sagt Er sieht verdammt gut aus, ich kann mich gern opfern ...

Lachen.

Umgeben von der offiziellen Delegation, fast von ihr verdeckt, eine kleine schmächtige Gestalt. Sie haben es aufgegeben, die alte Frau in ein Gespräch zu verwickeln, sie hat zunächst einsilbig geantwortet und dann nur noch mit einer Kopfbewegung. Mit der Hand die eigensinnige Stirn abschirmend, das spitze Kinn dem Himmel entgegengereckt, wendet sie den Blick nicht von den Wolken ab. Sie will das Flugzeug auftauchen sehen, das ist alles. Sie hat die ganze Reise allein zurückgelegt, trotz ihres gebrechlichen Körpers, nur aus diesem Grund. Sie muss da sein, wenn das Flugzeug auftaucht, und darf es nicht mehr aus den Augen lassen, bis sie ihren Jungen aussteigen sieht, bis er den Fuß auf den Boden setzt.

Seit dem frühen Morgen spürt sie seine Kinderhand wie eingraviert in ihre Handfläche. Genau wie damals, wenn sie nach dem Sperber Ausschau hielten, der ganz am Ende ihres Dorfes über den Feldern jagte. Wer als Erster von beiden den Raubvogel am Himmel entdeckte, musste die Hand des anderen drücken, ohne ein Wort zu sagen. Sie hatte ihm das Signal beigebracht. Meistens sah er ihn als Erster. Die kleinen Finger pressten plötzlich mit aller Kraft die ihren. Die ganze Konzentration des Wartens drückte sich darin aus, in diesem Händedruck, intensiver als der unterdrückte Schrei. Heute wartet sie und bemüht sich regungslos, die Schärfe ihres Blicks wiederzufinden. Sie hatte ihn gelehrt, sich nicht zu rühren, leicht zu atmen und vor allem seine Anwesenheit nicht zu verraten.

Wenn du willst, dass die Tiere sich dir nähern, sorg dafür, dass sie dich vergessen.

Das nannten sie «den Indianer spielen».

Er hatte es gelernt.

Das hatte ihn zu dem Fotografen gemacht, der er heute war. Er besaß eine Gabe, um die ihn die anderen beneideten und die darin bestand, seine Anwesenheit vergessen zu lassen, sich ganz nah heranzupirschen. Heute waren es nicht mehr Raubvögel, sondern Menschen, die er beobachtete.

Bei Raubvögeln hatte er nie an das Wort Barbaren gedacht.

Und seine alte Mutter war in weiter Ferne.

Sie weiß nicht, wie oft er angesichts des Grauenhaften dem Sperber seiner Kindheit nachgetrauert hat. Bei jedem Auftrag, den er angenommen hat, sagte er sich, er wolle sich nach seiner Heimkehr Zeit nehmen, um in sein Dorf zurückzukehren, sich auszuruhen und mit ihr zum Sperberfeld zu gehen, solange sie noch da war. Doch dann verging die Zeit, er musste wieder los und begnügte sich mit einem Anruf.

Schon seit Stunden hat sich die alte Frau darauf vorbereitet. Seit Stunden lebt sie in Aufregung, und es fällt ihr immer schwerer, sie in Schranken zu halten. Sie ist voller Unruhe und zutiefst erschöpft. Reden, das wäre zu viel.

Sie klammert sich an die Überzeugung, von der sie sich in all diesen Monaten nicht hat abbringen lassen: Sie wird es noch erleben, ihn lebendig wiederzusehen. So ist das nun mal. Und mit dieser Überzeugung hat sie die ganzen Monate durchgehalten, ohne Kameras und Interviews. Niemandem ist es gelungen, sich Zutritt bei ihr zu verschaffen oder sie zum Reden zu bringen.

Seit heute Morgen spürt sie, dass tief in ihrem Inneren etwas zerspringen könnte. Ihr altes Herz fängt hin und wieder an zu rasen, pocht mit dumpfen Schlägen. Sie wünschte sich, sie wäre in ihrem Dorf, in ihrer Küche, sähe ihren Étienne unverhofft heimkommen, wie er es nur zu selten getan hat, und in ihrer Brust würde sich etwas Großes, Weites öffnen, während sie ihn an sich drückt. Ihren Jungen.

Sie hat dieses Kind ganz allein aufgezogen. Sein Vater ist mit einem Segelboot aufgebrochen, um ans andere Ende der Welt zu fahren, und nie wiedergekommen. Das Boot ist nie gefunden worden. Nicht die geringste Spur. Ein Leben ausradiert von einem Sturm. Und das ihre mit einem Schlag in eine Zeit ohne jegliches Warten eingezwängt. Das hatte sie in eine paradoxe Situation gebracht: Die Zeit, der keine Rückkehr Grenzen setzte, sperrte sie ein. Allein mit Etienne. Er war damals knapp drei.

Im Jahr zuvor hatte er gelernt, Papa zu sagen. Er begann erst spät zu sprechen. Sie hatte ihn in der Küche das Wort wiederholen lassen. Später warf sie sich vor, ihm ein nutzloses Wort beigebracht zu haben.

Sie hatte das gerahmte Foto ihres Mannes auf dem Büffet umgedreht, ein Foto, auf dem er am Tag seiner Abreise lächelnd auf seinem neuen Segelboot posierte, das leichter war als alle vorhergehenden. Damit hatte sie das Zeichen gesetzt, dass man ihn nie wiedersehen werde. Etwas, was sie als stilles kleines Kind ihre Großmutter für deren Mann hatte tun sehen und was sich ihr tief ins Gedächtnis eingeprägt hatte. Das Foto war lange der Rückwand des Büffets zugewandt dort stehen geblieben.

Viel später hatte ihr Junge eines Tages das Foto in sein Schlafzimmer mitgenommen. Sie hatte ihn gewähren lassen. Er war soeben in die Schule gekommen und die anderen Kinder hatten ihn gefragt, wo sein Vater sei. Zu jener Zeit war sie die Lehrerin der einklassigen Dorfschule gewesen. Und keiner ihrer Schüler hätte diese Frage an sie zu richten gewagt. Sie hatte gehört, wie er in der Pause mehrmals sagte, sein Vater sei «auf See verschollen». Das war also der Ausdruck, den er gehört, sich gemerkt und noch nie zuvor benutzt hatte. Das hatte ihr einen Stich ins Herz versetzt, diese Worte im Munde ihres Jungen. Was hatte er sich wohl darunter vorgestellt, als er sie gehört hatte? Das würde sie nie erfahren. Sie sah ihn in dem Bewusstsein an, dass er für sie ein Rätsel war und bleiben würde. Sie war schon immer überzeugt gewesen, dass das so war, die Menschen blieben sich gegenseitig ein Rätsel. Und ihr täglicher Umgang mit Kindern hatte das nur bestätigt.

Dass ihr Junge diese Worte auf dem Schulhof ausgesprochen hatte, musste wohl etwas in ihm wachgerufen haben. Den Wunsch, das Gesicht seines Vaters in Ruhe und ohne Beisein anderer zu betrachten. Später hat sie das Foto weder an den Wänden seines Schlafzimmers, auf seinem Schreibtisch, noch auf seinem Nachttisch gesehen und daraus geschlossen, dass er es in seinem Geheimfach verwahrte, einer Schublade, für die nur er den Schlüssel besaß und die sie ohnehin nie geöffnet hätte. Irène hatte gelernt, dass es besser war, die Geheimnisse anderer zu respektieren. Vor allem die ihres Mannes. Die Lektion war hart für sie gewesen, damals war sie gerade dreißig geworden, kurz nach Étiennes Geburt. Sie hatte das nie vergessen.

Étiennes Geheimfach hätte sie um nichts in der Welt zu öffnen versucht.

Sie stellte ihn sich vor, wie er manchmal das Foto hervorholte und das stets junge, stets lächelnde Gesicht seines Vaters betrachtete. Doch es entzog sich ihrer Vorstellung, dass er das Foto vor dem großen

Spiegel in seinem Zimmer direkt neben sein Gesicht hielt.

Und manchmal redete er bei geschlossenen Augen mit seinem Vater.

Sie haben ihm seine Leica nicht zurückgegeben. Warum? Deren Konturen abtasten zu können, wie er es manchmal durch das abgewetzte Leder seiner alten Umhängetasche hindurch mechanisch tat, wo auch immer er war, das bedeutete für ihn, «frei» zu sein. Die Tasche ist immer noch dieselbe, er kennt sie in- und auswendig, an manchen Stellen abgenutzt durch Reibung und auf einer Seite etwas rau. Er erinnert sich, dass er sie in der Hand hielt, als sie ihn entführten. Er stand damals am Rand des Bürgersteigs und fragte sich, ob er seinen Apparat hervorholen oder fortrennen und sich in Sicherheit bringen sollte, wie die anderen. Wenn er erneut den Apparat an sich drücken könnte, wenn seine Hände die Schrammen auf dem Leder spüren, sie wiedererkennen könnten, wäre er sich der Realität ein wenig sicherer.

Sich wessen sicherer? Am Leben zu sein?

Er fährt sich mit der Zunge über die Lippen, merkt, dass er Durst hat. Wahnsinnigen Durst. Eine Flasche Mineralwasser steht neben ihm, ist dort hingestellt worden, bevor er ins Flugzeug stieg. Er bemüht sich, das Zittern seiner Hand zu bezwingen, trinkt langsam. Das Wasser, das ihm durch die Kehle rinnt, ist ein wahrer Segen. Alles andere verscheucht er. Während seiner gesamten Gefangenschaft war das Wasser knapp bemessen. Man hat ihn nicht verdursten lassen. Sie waren darauf bedacht, ihr Tauschobjekt am Leben zu erhalten. Aber die Wasserration vom Vormittag musste bis zum folgenden Tag reichen. Er sparte sich immer ein wenig für die Nacht auf. Sein einziger Reichtum.

Das Wasser im Flugzeug ist kühl, und das ist etwas, was er seit Monaten nicht mehr erlebt hat. Er konzentriert sich nur auf die Kühle des Wassers, und plötzlich überschwemmen ihn Bilder, mit denen er nicht gerechnet hatte. «Der Sturzbach», nur wenige Kilometer vom Dorf entfernt. Ein Flussarm, der mit starkem Gefälle von den Felsen stürzt und schnell weiterfließt. Wohin? ... Eine Dusche in diesem kalten Wasser zu nehmen, das auf ihren Körper herabprasselte, wie sehr hatten sie das geliebt, als sie acht, zehn oder fünfzehn Jahre alt waren, er und seine Freunde aus dem Dorf! Die Mütter hatten immer Angst gehabt, sie könnten zu tollkühn sein und sich in den Felsen den Hals brechen, aber sie liebten auch die Ängste der Mütter. Das machte einen Teil ihres Vergnügens aus. Die Erinnerung steckt noch in seinem ganzen Körper. Er legt leicht die Hand auf die andere Flasche, die neben ihm bereitsteht. Eiskalt. Zwei Flaschen. Wie lange soll der Flug nur dauern? Welche Route haben sie vorgesehen? Wollen sie ihn erst in einem Land absetzen, das als Vermittler dienen soll? Alles ist so plötzlich geschehen. Seine Augen sind nicht mehr verbunden, aber man verheimlicht ihm alles. Er unterdrückt eine aufkeimende Zornreaktion. Mit welchem Recht machen sie noch ein Geheimnis aus allem, was ihn erwartet, Herrgott noch mal! Nichts zu machen, er hat nicht die Geduld all derer, die in Ländern leben, die seit Jahrzehnten geknebelt werden, derer, die mit der Muttermilch das Wissen aufgesogen haben, dass ihr Leben schon morgen zu Ende gehen kann. Nein, diese Geduld hat er nicht gelernt. Er fragt sich, ob das eine Stärke oder eine Schwäche ist. Heute ist er zu müde, weiß es nicht mehr. Er trinkt langsam einen weiteren Schluck Wasser, versucht nur «den Sturzbach» wiederzufinden, der ihm die Adern erfrischt, den Brunnen, die Bäume und den Himmel über dem Dorf, die die Vision des Bachs begleiten. Aber alles hat sich entfernt. Er hat die Augen geschlossen.

Da taucht das Gesicht der Frau auf, jener Frau, die alle anderen vertrieben hat. Der Frau, deretwegen er mitten auf dem Bürgersteig stehen geblieben ist, anstatt schnell fortzurennen, um sich in Sicherheit zu bringen, wie die anderen. Die letzte Frau, die er gesehen hat, ehe er in einer wild gewordenen Stadt vom Rand des Bürgersteigs entführt wurde. Während seiner ganzen Gefangenschaft hat er sich bemüht, sich vor dieser Vision zu schützen. Dieses Bild zu verscheuchen, all das zu verscheuchen, was es in ihm ausgelöst hat. Wenn man überleben muss, Tag für Tag, und nicht einmal weiß, ob es draußen hell oder dunkel ist, kann man sich das nicht leisten ... Doch er weiß, dass er sie noch Monate oder Jahre später wiedererkennen würde. Die Frau legte ihren Kindern Wasserflaschen auf die angewinkelten Unterarme, lud sie auf deren zarten Arme, noch eine und immer noch eine, und schob dann die beiden Kinder auf die Rückbank einer großen schwarzen Limousine. Die hintere Tür stand offen. Auf der anderen Seite der Rückbank, an die getönte Scheibe gelehnt, eine in sich zusammengesunkene Gestalt. Ein Mann. Regungslos. Krank? Verletzt? Jeder versuchte zu fliehen. Man wusste, dass die Panzer jede Sekunde eintreffen konnten und was für Horrorszenen sie hinterließen. Die Handbewegungen der Frau waren knapp und präzise. Sie sagte kein Wort. Vielleicht hatte ihn das innehalten lassen, diese Stille. Der Wagen war schwer beladen.

Welch schweres Gewicht auf allem lastete, hatte er gespürt, als er sie sah, wie sie versuchte, der trägen dunklen Masse zu entfliehen, die die Stadt in ihrer Gewalt hatte.

Dieses Gewicht hatte er am eigenen Leib verspürt, als wöge er plötzlich mehrere Tonnen. Er hatte nur mit

Mühe den Fotoapparat hervorholen können. War wie erstarrt gewesen. Vielleicht lag das an all den Dingen, die er gesehen, all den Szenen, die er miterlebt hatte, ohne etwas anderes zu tun, als sie zu fotografieren, vielleicht hatte sich alles, was sich seit Jahren hinter seinen Augenlidern angestaut hatte und was er nicht in sich dulden wollte, beim Anblick dieser Frau in eine tonnenschwere Last verwandelt.

Sie versuchte, das Leben zu retten.

Und er, gegenüber, auf dem anderen Bürgersteig, stand wie versteinert da, alles in ihm war geronnen wie unreines Blut, von dem nicht einmal die Erde etwas wissen will. Im Krieg darf man nie zu lange innehalten. Sonst kann man zu einer Salzsäule erstarren wie Lots Frau. All das wusste er seit Langem, so wie er es auch verstand, den Draufgängern aus dem Weg zu gehen, jenen Soldaten, die in den Kampf ziehen, als gingen sie zur Messe, und scheinbar unter einem guten Stern geboren sind. Ein alter Kamerad, der nicht mehr lebte, hatte ihm eines Tages gesagt Bleib nie in deren Nähe, eines Tages ist ihr Stern verblasst und dann erwischt es dich, wenn du in ihrer Nähe bist. Er hatte auf ihn gehört. Diese Typen fotografierte er nur aus der Ferne und folgte seinem Instinkt, wenn er sich die Frontsoldaten aussuchte, die er nur mit seinem Fotoapparat bewaffnet begleitete. Er tat alles, um sein Leben zu schützen. Und er legte weiterhin Zeugnis ab. Immer wieder. Und aus immer größerer Nähe.

Beim Anblick dieser Frau, die ihren Wagen belud und ganz allein alle Entscheidungen zum Überleben treffen musste, war er stehen geblieben. Das hätte er nicht tun sollen, das wusste er. Aber er hatte nicht anders gekonnt. Wie angewurzelt an den Bürgersteig stand er da, und der einzige Gedanke, der ihm durch den Kopf schoss, war Wie weit kann sie es schaffen?

Das Leben retten, was heißt das? Ist das seine gerettet? Solchen Gedanken darf er sich auf keinen Fall überlassen. Zu leben heißt zu atmen, das ist alles. Er ist lebendig. Hat überlebt. Kehrt heim. Das ist geradezu ein Wunder. Es dabei bewenden lassen. Die Männer, die ihn entführt haben, hätten keine Sekunde gezögert, ihre Drohungen wahrzumachen, das hatte er sofort begriffen. Männer, die nichts mehr zu verlieren hatten, und das Schlimmste daran war, dass er sie nur zu gut verstand. Er wusste, dass ihnen keine andere Möglichkeit mehr blieb, um sich Gehör zu verschaffen. Das hätte ihn vorsichtiger werden lassen müssen.

Hat der Mann mit der Sturmhaube Frau und Kinder, die auf ihn warten? Hätte er auch die Frau in dem schwarzen Wagen töten können?

Étienne denkt an die Leica. In der Umhängetasche. Niemand wird je die Gesichtszüge dieser Frau auf einem Foto betrachten können. Er auf seinem Bürgersteig, wie vom Schlag getroffen durch all das, was er gesehen und was ihn, wenn auch unbewusst, derart beeindruckt hat, und sie, gegenüber, mit ihren präzisen Handbewegungen. Irgendetwas in ihrer Geschäftigkeit, in diesem tatkräftigen Versuch, Schutzmaßnahmen zu treffen, die womöglich nur ein paar Stunden wirksam sind. Sie verhielt sich so, als könne sie tatsächlich ihr Leben, das ihrer Kinder und das des Mannes retten, der zusammengesunken hinten im Wagen saß. Dabei musste sie durchaus wissen, wie dieses Unternehmen vermutlich enden würde. Aber sie war mit präzisen Bewegungen und großem Ernst bei der Sache. Das hatte ihn fasziniert. Unbeirrbar, als sei ihr Leben nicht in Gefahr, verfolgte sie ihr Ziel, wie die Ameisen, die er, als er noch klein war, aus Spaß in Schrecken versetzt hatte und die immer wieder hartnäckig ihre Arbeit aufnahmen, ohne sich um jene zu kümmern, die er zerquetscht hatte.

Er wünschte sich, dass ein Wunder geschehen war. Für sie. Wie für ihn heute.

Vor seinem inneren Auge sind die Fotos der Frau präsent. Lebendige Bilder. Die schwere Strähne aus schwarzem Haar, die einen Teil ihres Gesichts verdeckt, und ihre derart bepackten Arme, dass sie sich nicht einmal mit einer Handbewegung das Haar aus dem Gesicht streichen kann.

Er denkt an die Hand seiner Mutter zurück, die ihm geduldig die widerspenstige Strähne aus der Stirn strich, als er noch ein Kind war. Diese Frau dort hätte auch eine zärtliche Hand nötig gehabt.

Hätte er die Straße überquert?

Man hatte ihn gepackt, in ein Auto gezerrt, und sie hatte den Kopf gehoben. Ihre Blicke waren sich begegnet. Und dann nichts mehr. Die Augenbinde, die gefesselten Hände. Sein Leben hüllte sich in Stille.

Étienne hat ungewollt die Wasserflasche zu fest zusammengedrückt. Die Plastikflasche gibt ein lautes, knackendes Geräusch von sich. Die Hand des Mannes mit der Sturmhaube hat die Waffe gepackt und nach einer Sekunde wieder sinken lassen. Der kurze Moment hat jedoch genügt, um Étienne zu zeigen, wie schnell der Mann reagiert. Einer, der Übung im Umgang mit Waffen besitzt.

Niemand ist da außer ihm und mir. Wenn ich meinen Fotoapparat hätte, würde ich ihn anders betrachten. Wenn ich meinen Fotoapparat hätte, wüssten meine Hände, was sie tun müssten.

In der Menge, die am Rollfeld wartet, ist noch eine andere Frau, doch auch das weiß er nicht. Emma. Aber sie ist nicht seinetwegen gekommen. Sie ist ihretwegen da.

Zunächst hatte sie sich widersetzt, tief in die Kissen ihres Sofas vergraben, mit einer Tasse Tee in Reichweite und einem Stapel Bücher als Schutzwall. Aber wie sollte sie gegen das Bedürfnis ankommen, ihn aus dem Flugzeug steigen zu sehen, dabei zu sein. Trotz allem … Sie hatte den Versuch gemacht, sich an den Schreibtisch zu setzen und die sich häufenden Klassenarbeiten zu korrigieren. Auch wenn der etwas herbe Duft des Rauchtees sie in die vertraute Atmosphäre dieses Raums zurückholte, der Geschmack des Tees sie ihre Kehle spüren ließ und die Klassenarbeiten die Gesichter ihrer Schüler rings um sie heraufbeschworen – ihre ganze kleine Welt –, nichts half. Schließlich war sie aufgestanden, hatte sich vors Fenster gestellt und den Himmel und die Wolken betrachtet.

Étienne und sie, das war vorbei. Endgültig vorbei. Und das ging vor allem auf sie zurück. Warum also? Warum sollte sie sich unter die Menschen mischen, die auf ihn warteten? Außerdem tat ihr die Vorstellung, ihn abgemagert und geschwächt zu sehen, schon jetzt weh. Sie verschränkte die Arme fest vor der Brust, eine Geste, die sie immer dann machte, wenn sie nicht mehr wusste, was sie tun sollte. Sie war seit jeher unentschlossen gewesen, selbst mitten im Spiel, schon als Kind. Eine Frau voller Zweifel, die eine entschlossene Haltung einnahm, die Arme fest vor der Brust verschränkt. Doch dann zuckte sie die Achseln.

Sie kam zu keinem Entschluss. Und plötzlich Jetzt reicht's aber! und schon hatte sie ihre Lederjacke übergestreift, im Vorübergehen ihre Handtasche ergriffen und rannte auf die Straße zu ihrem Auto.

Was soll's, Frieden gibt es sowieso nicht.

Vor ein paar Wochen hatte sie, wie jeder andere, seine Stimme gehört, als er sagte, er werde korrekt behandelt und bitte die Regierung, die Forderungen zu akzeptieren, die seine Freilassung ermöglichten. Vermutlich ein Text, den man ihn zu lesen gezwungen hatte. Es waren nicht seine eigenen Worte, aber was für eine Erleichterung nach der langen Zeit ohne jede Nachricht von den Entführern. Trotz eines Störgeräuschs im Hintergrund, was auch immer es sein mochte ... war es eindeutig seine Stimme; seine Art, das «a» auszusprechen, ganz offen, worüber sie immer gelächelt hatte. Beim Klang dieser Stimme hatte ihr Herz wie wild geklopft. Aber das befreite niemanden. Vor allem nicht sie.

Da ist sie also. Steht dort, wie die anderen, und wartet.

Sie muss ihn unbedingt sehen, leibhaftig, wie man so schön sagt. Ja, leibhaftig. Und dann wird sie es vielleicht wissen. Im Auto hat sie die Nachrichten gehört. Es war die Rede von ein paar Stunden. Die verschiedenen Phasen der Entführung wurden aufgezählt. Für sie hat sich die Entführung in ihrem Körper abgespielt. Sie hat das Radio abgestellt und erneut den Druck in ihrem Brustkorb gespürt. Diese Art zu atmen, die sie hasst, seit sie ihn kennt. In kurzen Zügen. Das hätte sie sich nur zu gern vom Hals geschafft!

Sie erinnert sich. Vor mehreren Monaten, als er ihr sein neues Bestimmungsland genannt hatte, war sie blass geworden. Nicht dahin Étienne! Nicht wieder mitten hinein in all das! Er hatte erwidert, die Abreise sei für den folgenden Tag angesetzt. Wieder einmal war er erst im letzten Moment benachrichtigt worden, und ihr riss es den Boden unter den Füßen weg. Sie hatte den Druck gespürt, der sie einengen würde, der sie schon jetzt einengte. Sie war wie gedrosselt. Mit leiser Stimme hatte sie gesagt Und ich? Was wird aus mir, wenn du weggehst? Hast du dich das schon mal gefragt? Noch nie zuvor hatte sie gewagt, von sich zu sprechen, aus Scham, weil natürlich er alle Risiken einging, da konnte sie doch nicht noch obendrein die Frechheit besitzen, sich zu beschweren. Aber an jenem Tag hat sie es gewagt.

Angesichts seines Schweigens hatte sie weitergesprochen. Die Worte kamen ihr ganz von selbst über die Lippen, sehr leise, furchtbar deutlich. Seit dem Beginn ihrer Beziehung hatte sie sie zurückgehalten. Sie sagte Jedes Mal, wenn du weggehst, kommt mein Leben zum Stillstand, dann warte ich nur noch auf deine Rückkehr. Ich bin nicht mehr mein eigener Herr. Ich fühle mich wie eine Geisel, ja ich, verstehst du das, und das hier! Ich habe es satt, Étienne, ich kann nicht mehr. Ich lebe wie unter Narkose, verstehst du? Und anschließend fällt es mir immer schwerer, zu mir selbst zurückzufinden. Sogar wenn du da bist. Er hatte erwidert Ich verlange nichts von dir, Emma. Vor allem nicht, dass du auf mich wartest. Meine Mutter, das reicht mir schon! Ich habe es nie leiden können, dass man auf mich wartet. Auf jeden Fall nicht so ...

Sie hatte gespürt, wie die Wut in ihr aufstieg. Genauso stark wie die Lust, ihm um den Hals zu fallen und alles zu vergessen, was sie gerade gesagt hatte. Unmöglich, die Welle einzudämmen, die sie mit sich riss. Sie hatte sich an seine Brust geschmiegt, und seine Arme umschlangen sie, doch die Worte waren da, unmöglich, sie zurückzuhalten, flüsternd hatte sie weitergesprochen, ganz dicht an seinem Hemd, sie spürte den Geruch, die Wärme seiner Haut an ihrem Mund, sprach weiter, als könne sie sich auf diese Weise an einen Teil von ihm richten, zu dem sie sonst nie

Zugang hatte. So, so, nie leiden können. Und was ändert das? Glaubst du, du könntest mich daran hindern, auf dich zu warten? Einfach so? Glaubst du, wenn du weggehst, könnte ich dich mit einem Zauberstab, hops, aus meinem Leben verbannen und mich wieder ganz und gar meinem Alltag widmen? Ein Teil von mir ist wie abgestorben, wenn du weggehst. Dann lebe ich auf Sparflamme. Um durchzuhalten. Und ich habe Angst, dass es mir eines Tages nicht mehr gelingt, wieder richtig aufzuwachen. Damit muss Schluss sein, Étienne, damit wir Zeit haben, ein bisschen zu leben, gemeinsam. Ich bin keine Zauberin, ich schaffe es nicht, dich im Handumdrehen in meinem Herzen auftauchen oder verschwinden zu lassen. Dir gelingt das vielleicht, du kannst uns alle aus deinem Gedächtnis verbannen, weil du da unten ...

Er hatte mit einem Schlag die Arme sinken lassen.

Ich verbanne nie jemanden aus meinem Gedächtnis, Emma. Nie.

Sie hatte diese Worte wieder im Ohr, aber der Geruch seiner Haut hatte sich verflüchtigt.

Was nützte es schon, sich diese Auseinandersetzung immer wieder zu vergegenwärtigen? Was suchte sie? Geblieben war nur das Schwindelgefühl. Er hatte so selbstsicher gewirkt, als er gesagt hatte Ich verbanne nie jemanden aus meinem Gedächtnis. Nie. Sie dagegen hatte das Bedürfnis, zu verstehen, was zu dem Unwiderruflichen geführt hatte. Wie hatte sie nur Worte sagen können, die sie sich bis dahin immer auszusprechen geweigert hatte, die Erpressung: Wenn du wegfährst, ist Schluss mit uns.

Sie hatte diese Worte gesagt. Vielleicht, weil er die Arme hatte sinken lassen, sie plötzlich im Stich gelassen hatte.

Er war abgereist.

Vorher hatte er noch einen seltsamen Blick auf sie gerichtet. Einen Blick ohne jede Erwartung, ja. Und gerade das war unerträglich gewesen.

Dieser Blick verfolgt sie. Immer wieder. Und die Scham, sich selbst als Geisel bezeichnet zu haben, dabei lebt sie in geregelten Verhältnissen, umgeben von Freunden und Schülern, in einem Land, in dem der Krieg nur auf dem Bildschirm zu sehen ist. Die Scham und das Schuldgefühl. Mit dieser Last lebt sie, seit sie von seiner Entführung erfahren hat. Sie hätte sich gewünscht, diese Worte nie gesagt zu haben. Nichts davon traf mehr zu. Alles, was sie gesagt hat, ist angesichts seines Verschwindens geradezu obszön geworden. Dabei drückt das, was sie gesagt hat, ihre eigene Wahrheit aus. Und darauf hat sie ein Anrecht. Aber heute wirkt das ausgesprochen kleingeistig, engstirnig. Er ist in die Liste «unserer Geiseln» in den Fernsehnachrichten aufgenommen worden, und sie hat gespürt, wie sich etwas zusammenzog, das sie noch enger umschlossen hielt als bisher. Gefangen.

Sie sieht wieder seinen Blick auf sich ruhen, ohne Zorn, nur voller Trauer. Voller tiefer Trauer. Und sie sog diese Trauer in sich auf. Als dränge alles, was dieser Blick an unzähligen Horrorszenen dieser Welt erfasst hatte, in sie ein. Hatte sie auch davor die Flucht ergreifen wollen?

Inzwischen hat sie eine Gruppe lärmender junger Leute in der Menge umgeben. Unmöglich, sich diesen Stimmen zu entziehen, die sich aufgeregt etwas zurufen. Kaum älter als ihre Schüler, aber sehr viel selbstsicherer. Sie kommen von einer Journalistenschule. Sie tun so, als seien sie schon Reporter. «Erstatten Bericht» über Étiennes Rückkehr. Sie wird hin und her geschoben, das nervt sie so, dass sie die verschränkten Arme noch fester an die Brust presst. Wenn die wüssten, dass sich neben ihnen, von der Menge an sie gedrängt, Étiennes letzte Lebensgefährtin befindet! Ja, das wäre ein Scoop! Sie stößt einen tiefen Seufzer aus. Eine junge Frau mit einem Notizbuch in der Hand murmelt eine Entschuldigung, weil sie von den anderen gegen Emmas Schulter geschubst worden ist und daher glaubt, dass sie ihretwegen geseufzt hat. Dann senkt die junge Frau den Kopf und macht sich weiter Notizen in ihr kleines Heft.

Plötzlich überkommt Emma eine wahnsinnige Lust, die junge Frau zu schütteln und zu fragen Wissen Sie eigentlich, was Sie erwartet, wenn Sie sich auf so ein Leben einlassen? Hat man Sie gewarnt? Hat man Ihnen je gesagt, dass die Kriegsberichterstattung das Leben jener zerstören kann, die ganz einfach auf Sie warten, um Ihre Hand zu halten und Ihnen zu sagen, dass sie Sie lieben? Hat man Sie gewarnt, dass all das im Laufe der Jahre in die Brüche geht und eines Tages niemand mehr da ist, der auf Sie wartet?

Ein Raunen geht durch die Menge, eine Welle, die bis zu ihr vordringt. Sie rückt einen Schritt von der jungen Frau ab und stellt sich auf die Zehenspitzen. Es ist nur ein Minister, der soeben eingetroffen ist. Die junge Frau notiert sich das sofort. Warum bleibt sie selbst eigentlich dort, obwohl sich ihre Wut immer noch steigert?

Er kehrt heim. Er ist lebendig, und sie könnte sich doch erleichtert wieder ihrem eigenen Leben zuwenden. Die Menge hinter ihr ist inzwischen dicht gedrängt. Die Falle ist zugeschnappt. Eine Falle, die sie sich selbst gestellt hat, da braucht sie nicht lange zu suchen. Sie ärgert sich über sich selbst.

Die Vorstellung, wieder nach Hause zu fahren, ist wie eine unüberwindbare Hürde. Übersteigt ihre Kräfte.

Der Kopilot ist in die Kabine gekommen, um sich mit dem Mann mit der Sturmhaube zu unterhalten. Étienne hat beim Geräusch der Stimmen die Augen geöffnet.

Die Stimme des Mannes mit der Sturmhaube versetzt ihm einen Schock. Er hat sie sofort wiedererkannt. Wie hätte es auch anders sein sollen? Es ist die einzige Stimme, die er während seiner ganzen Gefangenschaft verstanden hat, jene des Mannes, der regelmäßig zu ihm kam und sich auf Englisch mit ihm unterhielt. Wenn die Einsamkeit so intensiv war, dass er befürchtete, verrückt zu werden, hat er, wie er sich noch genau erinnert, auf diese Stimme gewartet. Um zu reden. Um ein Mensch zu bleiben. Und zugleich fürchtete er sich jedes Mal vor den Worten, die er hören würde: Er war sich übrigens völlig sicher gewesen, dass ihm diese Stimme mit dem vornehmen Akzent und der präzisen Diktion eines Tages das Schicksal ankündigen werde, das ihn erwartete, wie auch immer es aussehen mochte.

Die beiden Männer unterhalten sich in der Sprache, die er nicht versteht.

Er lauscht angespannt der Unterhaltung, überzeugt,

dass über ihn gesprochen wird. Dann sagt er sich, dass er allmählich verrückt wird und aufhören muss, sich über jede Einzelheit Gedanken zu machen.

Der Kopilot ist inzwischen ins Cockpit zurückgekehrt. Jetzt sind sie wieder zu zweit. Sein Blick folgt der Hand des Mannes, die die Waffe auf den Sitz neben sich legt, den Saum der Sturmhaube ergreift und sie mit ruhiger Bewegung vom Kopf zieht. Da sieht er zum ersten Mal dessen Gesicht.

Und er weiß, dass er dieses Gesicht nie vergessen wird. Es passt sehr gut zu dieser Stimme. Feine Züge ohne jede Spur von Schlaffheit. Entschlossen und distinguiert, ja. Womit er jedoch nicht gerechnet hatte, ist der tiefe Überdruss. Und etwas Abwesendes.

Ihre Blicke begegnen sich. Keiner der beiden versucht dem anderen auszuweichen. Aber da ist nichts, was sie teilen. Schweigend kommen sie zu der Feststellung: weder Hass noch Brüderlichkeit. Zwischen ihnen beiden kann es keine Brücke geben. Da ist etwas Unüberwindbares.

Der eine kehrt heim.

Der andere kehrt bald in die Hölle zurück.

Étienne spürt, wie ihm etwas den Atem abschnürt. Dieser Mann hat all das gesehen, was der Krieg erlaubt, hat eine Waffe in der Hand gehalten, er dagegen nur seinen Fotoapparat. Teilen können sie höchstens das Entsetzen, wie ihm plötzlich bewusst wird, und das lässt ihn erschauern. Beide wissen sie nur zu gut, was ein Mensch dem anderen antun kann. Und dieses Wissen kann kein Friede in Vergessenheit geraten lassen.

Er denkt an den Moment zurück, in dem das Tageslicht allmählich verblasste, seine Mutter einen Fensterladen nach dem anderen schloss und sein Herz sich mit dem Dunkel des Abends füllte. Die Nacht würde anbrechen und mit ihr unweigerlich das Gefühl, verloren zu haben. Was, das wusste er nicht.

Dieses Gefühl überkommt ihn jetzt erneut. Er würde am liebsten alles Blau des Himmels verschlingen. Ein bisschen Hoffnung wiederfinden. Er wendet die Augen von dem festen, überdrüssigen Blick des anderen ab.

Dieser Mann dort ist bereits wie tot.

Der andere beugt sich nieder und verstaut seine Waffe in der Tasche vor seinen Füßen. Natürlich ist ihm nicht entgangen, dass Étienne ihn wiedererkannt hat. Ein Mann, der bestimmt in Europa studiert oder sich längere Zeit dort aufgehalten hat. Ein Mann, dem Étienne in einem Café in London, Paris oder sonst wo hätte begegnen können. Ein Mann, der nicht gezögert hätte, ihm den Lauf seiner Waffe an die Schläfe zu drücken, wenn es nötig gewesen wäre.

Étienne fragt dann, ohne ihn anzusehen: Where are the others? Diese Frage hatte er nicht gestellt, als der Mann in sein Verlies gekommen war, um ihm einzutrichtern, wie gerecht ihr Kampf sei. Das hatte er nicht gewagt. Er hatte sich verkrochen, versucht, sich unsichtbar zu machen. Selbst wenn er ein wahnsinniges Bedürfnis hatte, mit jemandem zu reden, spürte er viel zu sehr die vage Bedrohung, die von jedem Wesen ausging, das den Raum betrat, in dem sein Leben Tag um Tag verrann. Dort hätte er viel zu große Angst gehabt, dass man ihm ihre Ermordung ankündigt. Ein Engländer, Roderick, und Sander, ein junger niederländischer Freelance-Fotograf, mit dem er eines Abends im Hotel bis spät in die Nacht diskutiert und ein paar Gläser getrunken hatte. Er hatte sie im Bruchteil einer Sekunde wiedererkannt, als man ihn aus dem Auto gezerrt und in dieses Versteck gebracht hatte, in dem er mehrere Tage geblieben war, ehe man ihn umquartierte.

Die Stimme des Mannes, als er erwidert We are waiting. Nothing is decided yet. Étienne hat die Augen geschlossen, um ihr besser lauschen zu können. Er spricht langsam, aber wie man spürt, nicht etwa weil er in der Fremdsprache nach Worten suchen muss, nein, diese Sprache beherrscht er perfekt. Er hat eine präzise, auf natürliche Art langsame Diktion, und jedes Wort ist deutlich zu hören, ohne dass ein Irrtum möglich ist. Eine Stimme, die keinerlei Raum für Emotionen lässt. Wenn sie die beiden anderen hingerichtet hätten, hätte er das auf die gleiche Weise gesagt, da ist er sich sicher.

Warum begleitet er ihn auf diesem Flug? Das zu fragen wagt er nicht. Die Angst meldet sich wieder, die seit Monaten tief in seinem Inneren steckt, und er nimmt es sich übel, dass er sie noch immer spürt, obwohl er sich in Sicherheit befindet. Wird er etwa in Zukunft immer Angst haben?

Der Mann fügt hinzu I have your Leica, you know.

Er zeigt auf die Tasche.

I'll give it back to you when we get there.

Étienne spürt, wie sich seine Kehle zuschnürt. Der Typ erwartet doch wohl nicht, dass er sich bei ihm auch noch bedankt? Das Blut pocht ihm plötzlich bis in die Fingerspitzen. Seine Leica ist da, in der Tasche. Bei der Vorstellung, dass sein Fotoapparat gegen die Waffe des Mannes stößt, überkommt ihn eine Welle der Wut. Wenn sie die Frau festgenommen hätten, die mit ihren Kindern und dem auf der Rückbank des Autos in sich zusammengesunkenen Mann zu fliehen versuchte, hätte er geschossen, dessen war er sich sicher! Er soll die Schnauze halten, verdammt noch mal! Diese gewählten Worte und dieses perfekte Englisch! Kein Wort mehr!

Der Schmerz in seinem Kopf ist stechend, das kennt er schon. Er muss sich beruhigen. Das Blut pocht zu schnell, zu stark. Seine Hand greift nach der Wasserflasche. Sein Hass richtet sich nicht einmal gegen diesen Mann, sondern gegen das ungeheuerliche Zusammentreffen seiner Leica mit der Waffe in ein und derselben Tasche. Und mit ihm, der zwangsläufig auch in dieses Zusammentreffen verstrickt ist.

Er streicht mit den Fingern über die Konturen seines Gesichts, begierig auf das, was sich nicht verändert hat: die Nase, die scharfe Kinnlinie, dann hinauf zu den Lidern. Seine Augen haben Mühe, nicht zuzufallen. Jetzt blickt der Mann durch das Kabinenfenster. Sie wechseln kein Wort mehr.

Nicht denken.

Étienne betrachtet seine Hände. Emma hatte sie oft «Pianistenhände» genannt. Er lächelte, denn er hatte ihr nie erzählt, dass er Klavier gespielt hatte, als er klein war und in seinem Dorf lebte, und manchmal noch spielte, wenn er seine Mutter heute besuchte, aber lieber zuhörte, wenn sie spielte, was sie regelmäßig jeden Tag tat, trotz des Rheumas, das ihre Finger steif werden ließ.

Und jetzt, mit diesen langen, harten Fingernägeln sahen seine Hände aus wie die Klauen des Sperbers. Können solche Hände noch den Körper einer Frau streicheln?

Er muss unbedingt das wahnsinnige Verlangen im Zaum halten, sich auf die Tasche zu stürzen, seine Leica zu nehmen und die Waffe mitten zwischen die Augen des Typs zu richten. Seine Hände haben davon geträumt. Bewaffnet zu sein. Richtig bewaffnet. Wäre auch er jetzt fähig zu schießen? Ja, seine Hände haben davon geträumt, eine Waffe zu halten, nicht nur einen Fotoapparat. Auch das wird er nie vergessen können. Immer wenn er es nicht mehr aushielt, wie eine Ware behandelt zu werden, die man nur instand hält, um deren Tauschwert nicht zu mindern. Wenn niemand rings um ihn herum ihn noch als Mensch ansah. Wenn ihm keiner mehr das Gesicht zeigte. Nur noch Sturmhauben, Schlitze für die Augen, den Mund.

Das war unmenschlich, ja.

Schießen. Fliehen, während er blindlings um sich schoss, ja, davon hat er geträumt. Egal, wozu das führte, zu seinem Tod, zu dem der anderen. Rennen, einfach rennen, dazu hatte er solche Lust gehabt. Gegen Ende hätte er mit seinen zu schwachen Beinen keine hundert Meter mehr laufen können ... aber er hat davon geträumt. Er hat geträumt, zu töten oder getötet zu werden, nur damit etwas passierte und endlich Schluss war mit der Zeit ohne Abwechslung. Ohne die geringste Abwechslung. Er sagt sich Was ist bloß aus mir geworden.

Zuflucht in den Worten suchen. Nur um ein Mensch

zu bleiben. Immer wieder zu sich sagen Ich kehre heim ich kehre heim ich kehre heim.

Er betrachtet die Wolken unter sich. Wünschte sich, die Erde würde auftauchen, Häuser, Felder, irgendetwas, was er wiedererkennt und was ihn aus all diesem rettet. Zugleich ist tief in seinem Inneren ein steinharter Bereich, der die Wolken vorzieht, zunächst noch.

Solange er im Flugzeug sitzt, braucht er nicht jemand zu sein.

Heute Morgen im Dorf, wie jeden Morgen, ist Enzo, der Sohn des Italieners, wie man ihn noch immer nennt und wie man ihn auch weiterhin nennen wird, aufs Feld gegangen, das seinem Haus gegenüberliegt. Es ist sehr früh. Er liebt den anbrechenden Morgen. Er wartet auf das helle Tageslicht. Seit Monaten ist das der Zeitpunkt, da er in Gedanken bei Étienne verweilt. Jeden Morgen, ohne Ausnahme, ob es regnet oder windig ist, atmet er in tiefen Zügen die frische Luft ein. Für Étienne. Weil Étienne eines Abends, als sie lange in der Küche sitzen geblieben sind – die Ellbogen auf den von Enzo eigenhändig angefertigten Tisch gestützt – und einen köstlichen Grappa tranken, schließlich gesagt hatte Weißt du, das Schlimmste ist die Abkapselung.

Gerade waren mehrere Geiseln befreit worden, die gesamte Presse berichtete darüber.

Étienne hatte sich in Wut gesteigert, wie früher als Kind, ehe er sich plötzlich auf dem Schulhof in eine Rauferei stürzte. Solche Momente waren unvorhersehbar, Enzo erinnert sich noch, wie die Wut die Kräfte seines Freundes plötzlich verzehnfachen konnte, das verblüffte ihn noch heute. Genau das hatte er erneut dort in der Küche gespürt. Étienne verkündete mit Nachdruck, dass sie alle wüssten, was für Risiken sie eingingen, wenn sie sich dorthin begäben, aber die Abkapselung, nein, das sei was anderes, das wirke sich letztlich immer erniedrigend aus. Und dann hatte er hinzugefügt Das ist eine Schweinerei. Enzo hatte nichts darauf erwidert. Er hörte zu. Sein Freund hatte ein Leben gewählt, das meilenweit von dem seinen entfernt war, und trotzdem konnte er sich noch immer genauso schnell in die vertrauten Vibrationen seiner Stimme hineinversetzen. Étienne und er waren wie Brüder. Aber er war im Dorf geblieben, hatte die Tischlerei seines Vaters übernommen und liebte Holz so sehr, dass er Kunsttischler geworden war. Sich ein anderes Leben vorzustellen, ohne den Geruch seiner Werkstatt, seines Hauses und der Wälder auf den Hügeln, war unmöglich.

Das Wort «Abkapselung» hatte er seit jenem Abend tief in seinem Inneren bewahrt. Mit allem, was Étiennes Stimme an Gewichtigem und Undurchsichtigem hineingelegt hatte. Enzo sprach nicht viel und nie sehr lange. Aber er spürte die Worte in der Kraft seiner Arme, in der Höhlung seiner Hände. Sie waren die stummen Begleiter seiner Bewegungen, wenn er arbeitete, immer allein. Sie gingen in die Maserung des Holzes ein. Sie verliehen einer Rundung jene

Sanftheit, die eine Hand zu einer Liebkosung verführen konnte, hoben den spitzen Aspekt eines Winkels hervor, der vielleicht eines Tages, wenn das Möbelstück fertig war und in einem Haus stand, einen Finger dazu verlocken würde, ihn abzutasten. Träume, die in die Maserung des Holzes eingingen. Die seinen. Langsame, kraftvolle Träume, die nur vom Lärm der Werkstatt begleitet wurden. Holz wird nicht nur mit Wachs gesättigt. Das Wachs kommt später. Er brauchte Worte, um Formen zu schaffen, Worte, die er nicht aussprach. Étienne war am folgenden Tag wieder abgereist, er blieb nie länger als zwei oder drei Tage. Aber das Wort Abkapselung war geblieben.

Enzo hatte es in seiner Brust abgewogen. Zu schwer. Keinerlei Holz würde davon etwas wissen wollen.

Und so ging er jeden Morgen nach draußen, um das Wort atmen zu lassen. Für Étienne. Als er von der Entführung seines Freundes erfuhr, nahm das Wort allen Raum in seiner Brust ein, und eine schreckliche, dumpfe Angst bemächtigte sich seiner. Diese Angst glaubte er schon lange überwunden zu haben. Sie war wie eine Welle, die ihn bis ins Innerste erstarren ließ. Er erkannte sie wieder. Als Kind hatte er vergeblich in all den Nächten gegen sie angekämpft, in denen er nicht seinen Vater zu rufen gewagt hatte. Seine Mutter war fortgegangen. Er war allein mit seinem Vater, und wenn die Welle ihn heimsuchte, hinterließ sie diesen

Stein in seinem Magen. Er konnte nicht mehr atmen. Verkroch sich stundenlang schlaflos im Bett.

Als Jofranka ihn nach knapp drei Jahren Ehe verlassen hatte, war die Welle wiedergekommen. Er wurde erneut mit dem Stein und dem Kampf konfrontiert. Und sagte kein Wort.

Ihr Beruf als Rechtsanwältin führte sie in immer weitere Ferne. Das war ihr Leben. Sie hatte diese Wahl getroffen. Immer wenn es eine Wahl zu treffen gab, hatte sie diese getroffen. Sie hatte beschlossen, das zu tun, was sie schon immer hatte tun wollen: Frauen in Ländern zu verteidigen, in denen Krieg herrscht. Sie vertrat diese vor dem Gerichtshof für Menschenrechte, in so weiter Ferne. Sie konnte nicht hierbleiben, im Dorf. Er wusste genau, dass sie nach Abschluss ihres Studiums weggehen würde. Er wusste es. Er hatte sie vorher geheiratet. Eine Scheidung kam nicht infrage. Nachdem sie ihn verlassen hatte, war Étienne wieder öfter gekommen, ihm war klar, dass er es seinetwegen getan hatte. Sie hatten gemeinsam Musik gemacht, zu jener Zeit spielte Étienne noch Klavier, und er holte sein Cello hervor. Sie hatten versucht, Stücke zu zweit zu spielen, aber das ließ Jofranka nur noch stärker gegenwärtig werden. Ihre Querflöte fehlte ihnen. Sie waren ein Trio gewesen. Sie verzichteten schließlich auf die Musik, ohne ein Wort darüber zu verlieren, und gingen oft in den Wäldern spazieren.

Heute Morgen nehmen seine Gedanken an Étienne andere Wege. Er spricht laut Worte in den Morgen, ganz allein, sagt Jetzt ist es mit der Abkapselung vorbei und freut sich für seinen Freund. Étienne kommt bestimmt hierher. Er kann nur hierherkommen. Zu ihnen.

Am Tag zuvor hat er Étiennes alte Mutter Irène zum Zug begleitet. Sie sagte kein Wort, klammerte sich in Gedanken nur an die Rückkehr ihres Sohnes. Beschützte ihn. Bemutterte ihn. So wie sie es mit allen dreien getan hatte. Sie hatte immer gesagt Ich habe drei Kinder in den Armen gehalten: meinen Sohn, den Sohn des Italieners und die Kleine, die von weither kommt. Die Kleine war ihre Jofranka. Diesmal hatte er die alte Frau auf dem Bahnsteig in den Armen gehalten. Er hatte ihr einen Kuss auf die Stirn gedrückt, bevor er ihr beim Einsteigen half. Sie war federleicht.

Auf der Rückfahrt im Auto war er wieder zehn. Die Kleine, die von weither kommt, war mit ihnen im Dorf aufgewachsen, bei Leuten, die Kinder wie sie aufnahmen, die als Säugling ausgesetzt worden waren. Étienne, sie und er blieben für immer verbunden.

Alle Vögel auf dem Feld sind jetzt verstummt, nichts rührt sich mehr. Es ist ganz kurz vor Anbruch des Tages. Als Jofranka noch mit ihm zusammenlebte und er schon am frühen Morgen nach draußen ging, hatte sie manchmal, eingemummt in einen dicken Pullover, verschlafen und mit zerzaustem Haar am Fenster gestanden und ihm zugesehen. Dann hatte er ihren Blick gespürt. Auch heute spürt er ihn noch, wenn es ihm gelingt, alles andere zu vergessen.

Warum kann er sich nicht von der dumpfen Angst befreien, die ihn wieder überfällt?

Er wünschte sich, dass bei Sonnenaufgang auch Wind aufkommen würde. Er hat das Bedürfnis nach hellem Licht. Und dass alle Vögel mit einem Schlag aufflicgcn, wie sie es so oft tun, wenn sie spüren, dass der Tag anbricht.

Er möchte sich ganz der Freude über Étiennes Rückkehr hingeben. Er wirft einen Blick auf den Berg hinter ihm. Heute geht er nicht direkt zur Werkstatt. Falls der Wind stark genug ist, will er fliegen. Wenn er sich vom Wind hoch in den Himmel tragen lässt, wenn die Luft zu «den Lüften» wird und er am aufgeblähten Gleitsegel hängt und fliegt, vergisst er alles. Dann verspürt er wieder die Lust zu singen. Und oft singt er dann abends ganz allein mit tiefer Stimme die italienischen Lieder, die ihm seine Mutter als Kind beigebracht hat.

Das Flugzeug hat mit dem Landeanflug begonnen. Étienne blickt wie gebannt aus dem Fenster. Wo werden sie landen? Aufgrund der Flugdauer weiß er, dass sie von Frankreich noch weit entfernt sind. Kurz darauf erkennt er einen kleinen, behelfsmäßigen Flugplatz. Ringsumher dichter Wald. Und darin eine Schneise mit einer Landebahn.

Étienne spürt einen stechenden Schmerz in den Ohren, ein Dröhnen. Nach so vielen Flügen in fast alle Länder der Welt leiden seine Ohren noch immer unter der Druckveränderung. Doch heute freut er sich darüber, wieder diesen Schmerz zu empfinden, der ihn an seinen Körper von vorher erinnert. Alles, was ihn mit der Zeit davor verbinden kann, ist für ihn etwas Positives. Er drückt mit den Zeigefingern links und rechts auf die Nasenwände und pustet, ein kleiner Trick, den ihm ein Steward vor langer Zeit gezeigt hat, damit der Druck nachlässt. Das tut er mechanisch. Und er freut sich, dass es noch Dinge gibt, die er tun kann, ohne darüber nachzudenken. Er hat sich in den letzten Monaten derart darauf konzentrieren müssen, alles abzuwägen, ehe er auch nur einen Finger rührte ... das hätte ihn fast verrückt gemacht.

Aus der Halle am Ende der Landebahn kommen plötzlich zwei Jeeps hervor. Wieder bewaffnete Männer, aber ohne militärische Abzeichen. Wo befindet er sich? Warum schon wieder die zusammengeschnürte Kehle und dieses flaue Gefühl im Magen? Er schämt sich, dass er zu jemandem geworden ist, der ständig Angst hat. Er wünschte sich, nichts zu hören, nichts zu sehen und von Finsternis umgeben zu sein, die ihn vor allem schützt. Er hat die Augen geschlossen. Wartet. Der Kopilot legt ihm sanft die Hand auf die Schulter, um ihn zum Aussteigen aufzufordern. Er wagt nicht mehr, die Augen zu öffnen.

Diese Hand ist es, diese so sanft auf ihn gelegte Hand.

Er spürt, wie ihm die Tränen in die Augen steigen. Seit Langem hat ihn niemand mehr auf diese Art berührt. Die Behandlung, an die er sich hat gewöhnen müssen, waren Stöße mit dem Gewehrkolben in den Rücken, damit er schneller lief, oder Finger, die seinen Arm mit festem Griff umschlossen, um ihn auf abschüssigen Wegen wer weiß wohin zu führen, und er wie immer blind und taumelnd, in praller Sonne, umgeben von lauten Stimmen, die er zu verstehen versuchte.

Er hat alles getan, um sich jeden Tag ein wenig mehr abzuhärten. Um zu vergessen, was eine Liebkosung ist. Um zu vergessen, was Sanftheit bedeuten kann, nur um zu überleben. Er hat sich dazu gezwungen, seinen

Körper zu trainieren, um möglichst fit zu sein, für alle Fälle. Vielleicht um zu fliehen oder jene zu unterstützen, die kommen könnten, um ihn zu befreien. Um keine tote Last zu sein.

Nur innerlich hat er «den toten Mann gemacht».

Aussteigen?

Der andere murmelt in einem aufgrund seines Akzents heiser wirkenden Französisch Sie können im Flugzeug bleiben. Die Maschine muss betankt werden. Es kommt gleich ein Franzose an Bord. Für Sie. Ein Franzose? Étienne lässt den Kopf auf die Rückenlehne sinken. Er sagt ganz leise Ich steige aus, aber er rührt sich nicht. Das Flugzeug ist wie ein Kokon.

Etwas streift seinen Arm. Er öffnet die Augen, erwacht aus seinem seltsamen Zustand. Derjenige, den er nur «den Mann mit der Sturmhaube» nennen kann, geht auf den Ausgang zu. Die Tasche, die er in der Hand hält, hat seinen Arm gestreift. Den lasse ich nicht mit meiner Leica weggehen, nein, auf keinen Fall! Étienne ist aufgesprungen, in seinem Kopf dreht sich alles.

Der Kopilot steht neben ihm, sieht ihn aufmerksam an. Er strafft den Rücken. Er wird aussteigen und sich seinen Fotoapparat holen. Ohne fremde Hilfe. Und dann wird er dem anderen fest in die Augen sehen.

Woher nimmt er die Kraft, sich aufzurichten und dem Mann neben ihm leicht zuzulächeln?

Oben auf der Gangway wird er nicht von der Sonne geblendet. Sie steht tief, ihr Licht wird von Tausenden von Ästen ringsumher gefiltert. Der Wald ist so nah. Wenn Enzo da wäre, würde er gleich zu den Bäumen gehen, an den Stämmen riechen, mit der Hand über ihre Rinde streichen und den Namen jeder Baumart und deren typische Merkmale nennen, und er würde ihm zuhören. Das wäre wie in Friedenszeiten.

Er zeigt auf den Wald und fragt Kann ich zu den Bäumen gehen?

Der andere schüttelt energisch den Kopf.

Die Bäume zu berühren würde bedeuten, frei zu sein. Er sieht sie an, lässt das tiefe Grün in sich dringen. Später. Später.

Die beiden Jeeps halten vor der Maschine. Unter den bewaffneten Männern ein Zivilist. Das lässt sich weniger an seiner Hose und seiner blauen Jacke erkennen, als daran, dass er keine Waffe trägt. Er springt aus dem Jeep und geht auf die Männer zu. Étienne bemerkt sofort, dass dieser Mann trotz allem dem Militär angehört, muskulös, mit schnellen Schritten, irgendetwas Unverkennbares in seinen Bewegungen, seiner Kopfhaltung. Wer ist er?

Ein aufrichtiger Händedruck, ein ebensolcher Blick. Das beruhigt Étienne ein wenig.

Der Mann mit der Sturmhaube steht leicht abseits.

Der Abgesandte reicht ihm ebenfalls die Hand. Der gleiche Händedruck. Der gleiche?

Étienne spürt, wie die Wut wieder brennend in ihm aufsteigt. Diesem Mann die Hand schütteln? Wie kann der das nur? Er könnte das nicht. Das steht fest. Unverrückbar. Dabei hat er sich immer davor gehütet, im Krieg Partei zu ergreifen. Diesem Mann die Hand zu schütteln ist unmöglich. Er erkennt sich selbst nicht wieder. Vor dieser Seite seines Wesens, die einen festen Block bildet, graut ihm. Aber sie ist da. Ist er das wirklich? Wie hat er nur zulassen können, dass dieser Block im Laufe der Tage und Nächte hart wie Granit geworden ist? Und nun?

Die beiden Männer haben ein Gespräch begonnen. Der Abgesandte beherrscht die Sprache, die Étienne nicht kennt. Er ist ein paar Schritte zur Seite getreten. Er würde so gern unter den Bäumen herlaufen, an nichts mehr denken. Wirklich frei sein.

Der harte Granitblock in ihm will diese Stimmen nicht mehr hören. Er ist ein Tauschobjekt. Eine Handelsware. Erneut die Scham. Unerklärlich. Er fühlt sich erniedrigt.

Der Mann hat noch immer diesen abwesenden,

überdrüssigen Blick. Dennoch redet er, und seine Stimme ist noch immer genauso fest.

In diesem Augenblick begreift Étienne, dass dieser Mann für immer sein Entführer bleiben wird.

Und er, für immer ein Entführter?

In weiter Ferne davon möchte Jofranka in dem Büro, das ihr in Den Haag zur Verfügung gestellt worden ist, ihre volle Konzentration wiederfinden. Das fällt ihr schwer, sie möchte in Paris sein, möchte dabei sein, wenn Étienne zurückkommt.

Aber sie wartet auf eine Frau, die sie überzeugen will, vor Gericht auszusagen. Eine jener Frauen, die während des Krieges den Horror am eigenen Leib zu spüren bekommen haben. Der Friede kennt keine Wiedergutmachung für am Fleisch begangene Verbrechen. Keine. Er entzieht die Körper der Gerichtsbarkeit. Was das Fleisch erduldet hat, bleibt ungesühnt. Jede dieser Frauen bleibt weiterhin eine Geisel. Manchmal ihr ganzes Leben lang.

Ihre Arbeit besteht darin, diese Frauen zu einer Aussage zu bewegen. Vor Gericht. Eine Aufgabe, von der sie sich manchmal überfordert fühlt. Schon in der freundlichen Atmosphäre ihres Rechtsanwaltbüros haben die Worte große Mühe, sich einen Weg zu bahnen. Aber allein vor Gericht die Kraft zu finden, eine Aussage zu machen, ist für jede dieser Frauen eine Herausforderung, die unsere Vorstellungskraft überschreitet. Und doch ist Jofranka da und wartet.

Und wieder einmal versucht sie ihr Glück. Denn nur in dieser Rolle hat sie das Gefühl, am rechten Ort zu sein.

Sie hat die Akte noch einmal durchgelesen, kennt sie auswendig. Sie weiß, dass sie jetzt alles vergessen muss, was sie gelesen hat, um sich nur auf die Frau zu konzentrieren, die gleich ihr Büro betritt. Sie muss vollkommen abschalten, ehe sie jener von Angesicht zu Angesicht gegenübersteht, die über ihre Türschwelle treten wird.

Sie braucht ihre volle Konzentration, damit diese Frau den ersten, entscheidenden Schritt tut: nicht mehr alles aus der Erinnerung zu löschen. Damit sich diese Frauen nicht mehr hinter all den Rechtfertigungen des Krieges, die man ihnen eingetrichtert hat, selbst auslöschen. Was sie erlebt haben, kann kein Krieg rechtfertigen, auch wenn er mit noch so überzeugenden Argumenten verteidigt wird, und die Menschen verstehen sich gut darauf zu argumentieren. Das ist Gewalt im Reinzustand. Jofranka denkt manchmal «das Böse», aber sie denkt dieses Wort ungern für sich allein, als gäbe es den Teufel. Das erinnert sie an den Religionsunterricht in ihrem Dorf, als sie noch klein war. Schon damals stieß das bei ihr auf Widerstand. Irgendetwas in ihr sagte Gott gibt es nicht, den Teufel gibt es nicht. Schon damals wusste sie, dass das Gute und das

Böse Menschen waren. Nur Menschen. Und dass das noch schlimmer war.

Mit der Entscheidung, sich der Frauen anzunehmen, die Opfer der Gewalt des Krieges waren, hat sie sich darauf eingelassen, in die Schattenseiten der Welt hinabzutauchen. Für sie war es eine Selbstverständlichkeit gewesen, sich der Verteidigung dieser Frauen und dessen, was sie zu sagen hatten, zu widmen. Gibt es «das Böse»? Sie verscheucht diesen Gedanken und wendet sich wieder ihrer Aufgabe zu. Heute Abend will sie noch einmal ein paar Seiten von Hannah Arendt und von Simone Weil lesen. Heute Abend will sie aus dem Gedankengut anderer Frauen ihre Kraft für den folgenden Tag schöpfen. Die Vorstellung, dass Bücher auf sie warten, dass sie nicht allein mit ihren eigenen Gedanken konfrontiert sein wird, beruhigt sie. Und dann wird sie ihre Querflöte aus dem Etui nehmen und spielen. Seit dem außergewöhnlichen Tag, an dem Irène sie zum ersten Mal gemeinsam mit Étienne und Enzo ins Konservatorium der Stadt mitnahm, hat sie Tag für Tag, morgens oder abends, Querflöte gespielt. Ohne nachzudenken, hatte sie sich auf Anhieb für die Querflöte entschieden. Heute sagt sie sich, dass die Flöte wie der menschliche Atem ist, Töne, bevor sie zu Worten werden, und dass man sie leicht überallhin mitnehmen kann. Sie hatte die richtige Wahl getroffen. Sie wusste schon damals, dass sie fortgehen würde.

Wie man all diese Frauen zu empfangen hat, die den Weg zu ihr finden, ist etwas, das in keinem Jura-Studium gelehrt wird. Sie hat es ganz allein gelernt. Und jetzt muss sie sich selbst völlig vergessen, sich ganz von ihrer eigenen Geschichte als Frau lösen und nur noch gegenwärtig sein wie eine aufnahmebereite Behausung, damit jene, die hereinkommt, darin Unterschlupf finden kann. Eine von allen Dingen ihres Lebens geleerte Gegenwärtigkeit, eine bloße, totale, lebendige Präsenz. Nur um den Preis dieser paradoxen Situation kann irgendetwas geschehen. Sie hat gelernt, nur die Kraft zu sein, die zuhört. Zuzuhören, ohne zu erschauern. Sich nicht von der Barbarei überwältigen zu lassen. Den furchtbaren, stockenden Worten zu lauschen. Die Momente des Schweigens nicht zu unterbrechen. Dem fragmentarischen Bericht des Schreckens freien Lauf zu lassen. Sie ist völlig davon überzeugt, dass diejenige, die diese Worte ausspricht, nur dann eine Chance hat, wieder einen Platz in der Welt einzunehmen, die ihr Fleisch und ihren Geist verwüstet hat, wenn ein anderer Mensch diese Worte hören kann. Denn darin besteht der Unterschied zwischen dem Körper und dem Fleisch. Die Körper können den Weg in die Freiheit wiederfinden. Doch was kann das Fleisch befreien? Nichts anderes als Worte.

Man schickt ihr die schwierigsten Fälle, weil sie über jene Gabe verfügt, die es anderen erlaubt, den Blick zu heben und den ihren auszuhalten, der offen ist, ohne Erwartung und ohne tiefschürfendes Mitleid. Sie ist einfach eine Frau, genau wie diese Frauen es vor dem Krieg waren, auch wenn sie es nie mehr sein werden, aber sie dürfen eben nicht vergessen, dass auch sie es einmal gewesen waren.

Jede Frau wie ein vergessenes Versprechen.

Heute hat Jofranka Mühe, vollkommen abzuschalten. Sie kann den Gedanken an die, mit denen sie früher zusammen war, nicht verscheuchen.

Étienne, Irène und Enzo. Ihre ganze Kindheit. Ohne sie wäre sie nicht da, wo sie heute ist. Das weiß sie. Diese drei sind ihre wahre Familie gewesen. Die Leute, denen man sie kurz nach ihrer Geburt und ihrer Aussetzung anvertraut hatte, waren rechtschaffene Menschen. Sie hatte ihr eigenes Bett, wurde verpflegt und versorgt wie die anderen angenommenen Kinder. Aber zu ihrer wahren Familie sind sehr bald die Dorfschullehrerin Irène und ihr kleiner Junge, die nur zu zweit unten im Dorf wohnten, und der andere Junge geworden, der Sohn des Italieners, der auch allein mit seinem Vater zusammenlebte. Diese beiden Jungen hatte sie auf Anhieb als Brüder betrachtet, und die beiden hatten sie ganz einfach als Schwester angenommen, ohne zu zögern.

Die drei hatten geschworen, einander nie zu verlassen, und eines Tages unter einem hohen Baum weit weg vom Dorf ihr Blut miteinander vermischt. Damals waren sie zehn. Sie erinnert sich noch genau. Wortlos waren sie langsam zu den Häusern zurückgekehrt, noch ganz von dem Ernst dessen erfüllt, was sie in Zukunft miteinander verband. Sie sagte sich, dass sie an jenem Tag unter dem Baum beide geheiratet hatte. Auch wenn sie Enzo später im kleinen Bürgermeisteramt des Dorfes das Jawort gegeben und mit Enzo die körperliche Liebe entdeckt hatte.

Sie betrachtet die Spitze ihres Zeigefingers. Schon seit Langem ist die kleine Narbe verschwunden, aber sie spürt noch immer die Klinge von Étiennes Messer. Er hatte unter dem Baum die Zeremonie vollzogen, nachdem er die Klinge in die Flamme des alten Feuerzeugs seines Vaters, einer Reliquie, gehalten hatte. Sie erinnert sich noch genau an Étiennes schlanke Finger, die Art, wie er das Feuerzeug hielt und es anschließend vorsichtig ins Gras neben sie legte, all das war ein unerlässlicher Bestandteil des Rituals. Unterdessen hatten Enzo und sie stumm gewartet. Sie hatte nicht die Augen geschlossen. Ganz erfüllt von der Bedeutung des Moments, hatte sie dem Schmerz furchtlos entgegengesehen. Nicht mehr als ein leichtes Brennen. Sie hatte Enzos Hand ganz fest gedrückt.

Die Frauen dagegen, die sie heute anhört, haben die Absurdität des Schmerzes erlebt, der von keiner

Bedeutung gelindert werden kann, ein Schmerz, der nur zugefügt wird, um zu zerstören. Sie sind zu einer «Sache» geworden, und davon erholen sie sich nicht. Danach wieder einen Platz unter den anderen einzunehmen, ist eine unvorstellbar schwere Prüfung.

Jetzt versucht sie, das Bild des abgemagerten Étienne zu verscheuchen, das alle Fernsehsender in Erwartung seiner Rückkehr in einer Endlosschleife ausstrahlen. Sie versucht, sich nicht mehr zu fragen, in welchem Zustand er heimkehrt.

Als er wieder im Flugzeug sitzt, hält er die alte Tasche fest auf den Knien umklammert. Er hat die Augen geschlossen. Findet die ausgebeulten, die glatten und die rauen Stellen im Leder wieder. Kann es kaum fassen. Alles ist da. In dieser Berührung. Mit einem Schlag. Sein Fotoapparat. Sein Leben.

Er verscheucht die Vorstellung, dass andere Hände das Leder angefasst haben, auf dem jetzt seine Finger ruhen.

Er atmet etwas leichter.

Er hat es geschafft, dem Mann fest in die Augen zu sehen, als dieser ihm den Apparat zurückgegeben hat. Er hat nicht umhinkönnen, die Tasche sofort aufzumachen und die Leica herauszuholen. Er wusste, dass sich kein Film mehr darin befand, aber er musste sich vergewissern, dass es tatsächlich sein Apparat war. Und unversehrt.

Ich habe ihn mit großer Sorgfalt behandelt, sagte der Mann, und er wusste nicht, ob in dessen Stimme ein Hauch von Humor lag, die Worte ernst gemeint waren oder ob es sich um eine simple Feststellung handelte.

Unversehrt. Das ist alles. Und das reicht.

Danach ist der Mann mit dem französischen Abgesandten in die Halle gegangen. Sie machen den Handel perfekt. Unterdessen sitzt er mit dem Fotoapparat auf den Knien im Flugzeug und wird wieder von großer Wut gepackt. Wogegen wird er ausgetauscht? Gegen Geld? Gegen Informationen oder Gefangene, festgehalten von Dritten, die mit den einen oder anderen verbündet sind, wer hat schon den Überblick in dieser verrückten, chaotischen Situation, die sich von Tag zu Tag ändert? Wer hat heute die Oberhand und für wie lange? Er weiß inzwischen überhaupt nichts mehr über die dortigen Zustände. Er weiß nur, dass er eine Handelsware in dieser Welt ist, in der ein jeder innerhalb weniger Sekunden zu einem Objekt, ganz einfach zu einem Tauschobjekt für jemand anderen werden kann, dazu braucht dieser nur zum richtigen Zeitpunkt eine Waffe oder genügend Geld in der Hand gehabt zu haben. Dieser Gedanke hat die Wut in ihm entfacht, und wenn er sie nicht augenblicklich eindämmt, wird er die Hasswelle in seinem Inneren nicht mehr zügeln können, das weiß er.

Daher wendet er sich in Gedanken wieder dem Trio von Weber zu, das sie vor langer Zeit zu dritt gespielt haben, ihm fehlt noch immer ein Teil der Partitur, aber er bemüht sich erneut, nur daran zu denken. Sie waren dreizehn oder vierzehn gewesen, er wagt es, sich Enzo am Cello, Jofranka mit der Querflöte und sich selbst am Klavier in Erinnerung zu rufen. Alle drei waren sie damals noch recht ungeschickt, aber fest entschlossen. Sie hatten es sich in den Kopf gesetzt, das Trio zu spielen. Das Stück von Weber überstieg ihr Niveau, aber sie hatten sich angestrengt und spielten es. Schon seit mehreren Jahren nahm seine Mutter sie alle drei zum Musikunterricht in die Stadt mit. Sie ermunterte die drei. Sie wünschte sich, dass er eine Laufbahn als Pianist einschlagen würde ... Das Bild seiner Mutter kann er nicht ertragen. Das ist zu viel. Und so konzentriert er sich darauf, die Töne wiederzufinden. Nicht die Bilder. Nur die Töne, im Kopf und in den Fingern, die die Tasche umklammern.

Er hat die Augen geschlossen. Ein Eindruck von Wärme und das Gefühl, jemanden neben sich zu haben, reißen ihn aus der Sonate. Der Abgesandte hat auf dem Nebensitz Platz genommen. Er sagt Alles in Ordnung, aber Étienne weiß nicht, ob das eine Frage oder eine Feststellung ist.

Auf dem Rollfeld entsteht eine Bewegung. Es ist soweit. Das Flugzeug ist am Himmel aufgetaucht. Die Herzen schlagen schneller, alle Köpfe sind erhoben. Étienne lässt sich jetzt von einer gewaltigen Welle überrollen, einer Grundsee, die ihn mit sich reißt, ihn überflutet, mein Gott, welche Freude, welche Freude. Alles ist dort direkt unter ihm. Seine ganze Welt, sein Leben. Alles. Er sucht den Erdboden ab, der immer näher kommt, das Blut vibriert in seinen Adern. Der Abgesandte muss wohl etwas gesagt haben, doch er hört nicht zu. Der Mann lächelt und verstummt.

Irène drückt ihre Handtasche ganz fest an sich, als sie das Flugzeug sieht. Sie rührt sich nicht mehr, atmet kaum noch, spielt die Indianerin, um den großen Vogel nicht zu erschrecken, der gleich niedergehen wird, niedergehen muss. Sie begleitet seinen Flug zur Erde mit jeder Faser ihres Seins. In ihrem Kopf entsteht eine große Leere. Eine totale Leere. Alles ist in das Pochen ihres Herzens zurückgeflossen. Ihr ganzes Leben.

Das Flugzeug berührt den Boden. Étienne spürt die Stoßwelle beim Aufsetzen im ganzen Körper. Die

Erschütterung in den Kinnbacken, in den Zähnen. Das Flugzeug kommt zum Stillstand. Der Abgesandte sieht ihn nicht an, und das ist gut. Er hat den Mund geöffnet, um tief Luft zu holen, zu atmen. Er steht auf.

Die Tür öffnet sich.
Applaus.
Er taucht oben auf der Gangway auf.

Irène macht einen Schritt nach vorn und dann noch einen. Das Protokoll ist ihr völlig egal, sie geht weiter, allein, und niemand wagt, sie daran zu hindern.

Manchmal entsteht am Frühlingshimmel über dem Meer eine unerwartete Helligkeit, die sich blendend in der schiefergrauen Wolkenschicht spiegelt. Der Himmel reißt ganz plötzlich auf, und ein von Licht und Regen schillerndes, reingewaschenes, unglaubliches Blau tritt zutage. Ein Wunder an Blau. Genau dort befindet sich die Mutter. Nur ihre Haut hebt sich von den Wolken ab.
 Ein Windstoß und sie könnte verschwinden.

In der Unentschlossenheit des Lichts steckt ihre Wahrheit.

Der Mann, zu dem ihr Sohn inzwischen geworden ist, hat tief in seinem Inneren mit dem Tod Bekanntschaft gemacht. Jetzt kann sie alle Masken fallen lassen, die sie getragen hat, um sich Ruhe einzuflößen. Nun kennt er die einzige Wahrheit: Die Macht der Mütter angesichts des Todes ist lächerlich.

Es ist der Moment der zögernden Schritte. Der einzig wahren. Jener, die ein Mensch auf einen anderen zu macht. Dabei ist sie die Mutter und er der Sohn. In diesem zögernden Schritt drücken sich sowohl eine Niederlage als auch Erleichterung aus. Irène denkt Endlich. Sie geht ungeschützt.

Allen Bewegungen einer Mutter liegt ein Seufzer zugrunde. Immer. Und niemand, der ihn hört. Nicht einmal jene, die ihn ausstößt. Mütter haben es sich derart zur Gewohnheit gemacht, für alles zu sorgen, dass sie selbst nicht mehr wissen, dass ein Seufzer in ihrem Herzen wohnt.

Eine Zeit der Leere ist erforderlich, um sich dessen bewusst zu werden. Irène hat diese Zeit gehabt, zunächst mit ihrem Mann und dann mit ihrem Sohn.

Über ihr der unsichtbare Himmel aller Mütter.

Ihr Schritt hat in Zukunft die Zerbrechlichkeit derer, die in ihrem tiefsten Inneren wissen, dass sie, wenn sie einem kleinen Wesen das Leben schenken, es gleichzeitig dem Tod ausliefern. Und nichts kann sie mehr vor diesem Wissen schützen, das junge Mütter instinktiv von sich weisen. Denn im ersten Schrei jedes Kindes kommen zwei miteinander verbundene Versprechen zum Ausdruck: ich lebe, und ich werde sterben. Aus deinem Körper komme ich auf die Welt, und die werde ich allein verlassen.

Davor kann einen niemand retten.

Und all das Warten und all der Schmerz des Gebärens führen nur dazu.

Die Frau, die ein Kind geboren hat, macht sich diese Gewissheit in einem dunklen Winkel ihrer selbst zu eigen. Sie lächelt, weint vor Freude aufgrund großer Erschöpfung, und rings um sie herum herrscht Fröhlichkeit, aber sie hat den Finger auf einen geheiligten Ort gelegt: Leben und Tod sind nicht vereint, sie sind nur miteinander verbunden, und zwei Hände reichen da nicht aus, um zu beten. Wem kann sie das sagen? Wem kann sie anvertrauen, was sie geahnt hat, aber nicht in Worten ausdrücken kann? Und dennoch muss sie ihr ganzes Leben lang in dem dunklen Teil ihrer selbst, den Mütter gern verborgen halten, dafür geradestehen. Und ihr ganzes Leben lang muss sie gegen die dumpfe Angst ankämpfen, die daraus erwächst, ein kleines Wesen der Zeit ausgeliefert zu haben. Sie richtet diese Angst zunächst auf die kleinen Dinge der verletzlichen Kindheit: ein möglicher Sturz, eine schwere

Krankheit. Aber über die große Angst, die durch finstere Träume huscht, spricht sie mit niemandem. Nie. Das ist der Schatten der Mütter.

Dieser Schatten ist aus den Gesichtern der Madonnen verschwunden, sie werden immer strahlend dargestellt, weil sie alles hingenommen oder vielleicht alles in die Hand des Vaters gelegt haben, oder vielleicht auch nur, weil sie durch das Jenseits, dem sie ihr Kind anvertrauen, vor dem Schatten beschützt werden … Irène denkt an die Gesichter der Madonnen. Aber Mütter erkennt man nicht am Gesicht, sondern am Gang, und kein Maler hat je gezeigt, wie Madonnen gehen: ihren zögernden Gang, den einzigen, der angemessen wäre, kann man auf keinem Bild betrachten.

Irène setzt einen Fuß vor den anderen, so als drohten ihr die Knie bei jedem Schritt den Dienst zu versagen. Sie hält den Oberkörper kerzengerade, aber ihre Beine haben die Lektion nicht vergessen. Der ganze verletzliche Ernst drückt sich in ihren Schritten aus.

Étienne sieht nur noch diese kleine Gestalt, die auf dem Rollfeld auf ihn zukommt.

Sie weiß nicht mehr wie, aber plötzlich hat sie das Gewicht ihres Sohns gespürt.

Er hat sich wie ein großer Vogel in ihre Arme gestürzt. Wortlos. Nur mit einem heiseren Laut. Endlich seinem Herzen Luft machen.

Nur in den Adern, in der Verschwiegenheit der Brust werden die wahnwitzigsten Worte laut. Über die Lippen jedoch kommt kein Ton.

Gib mir deinen Anteil am Tod, mein Sohn. Gib ihn mir. Ich bin alt und stark. Ich nehme all das unter meine Fittiche, wie der Sperber aus unserem Dorf.

Ihre Hände liegen flach auf dem Rücken ihres Sohns. Sie pressen ihn nicht an sich, umschlingen ihn nicht. Ihre beiden Handflächen liegen warm in der Höhlung seiner Schulterblätter. Sie üben kaum Druck aus.

Der Tod hat dich in seinen Klauen gehalten. Wie mager du nur bist! Was hast du alles vom Leben aufgeben müssen! In der Höhlung deiner Rippen lauert die Angst. Sie hat dich gepeinigt. Das spüren meine Hände. Ich werde sie dir mit den Zähnen entreißen und sie in der Ferne verscharren. In weiter Ferne. Auf seinem abgemagerten Oberkörper spürt er die warmen Hände seiner Mutter. Die Wärme der Küche, des Hauses, des Dorfes, hier umgibt sie ihn.

Niemand kann sehen, dass Étiennes Lippen sich jetzt stumm bewegen. O Mama, wenn du wüsstest. Was ich erlebt habe, ist keines Menschen würdig. Nimm mich mit. Befrei mich von all diesem Gestank. Der Geruch der Toten ist da, Mama, er klebt an mir. Ich möchte schlafen. Schlafen und alles vergessen. Nimm mich mit.

Auf dem Rollfeld hat jemand begonnen zu klatschen, dann noch jemand, und jetzt klatscht die ganze Menge. Mutter und Sohn lösen sich aus der Umarmung. Alle Kameras zeigen, wie Irène Étiennes Hand ergreift und ihn mit kleinen Schritten führt.

Ein Stück davon entfernt schreibt eine junge Frau in ihr Heft Sobald Étienne S. oben auf der Gangway aufgetaucht ist, hat die Frau neben mir zu weinen begonnen. Ich habe sie nicht angesehen, das wäre mir peinlich gewesen, aber ich habe es gehört und nicht gewagt, den Kopf zu wenden. Und als er den Fuß auf den Boden gesetzt hat, um auf die alte Dame zuzugehen, ist die Frau neben mir wie eine Verrückte davongerannt, wobei sie mehrere Leute angerempelt hat. Dann habe ich auf der Erde einen Ohrring gefunden. Er könnte von den Azteken stammen … ich glaube, er ist aus Gold.

Étienne musste natürlich in einem abgeschirmten Büro in Paris Fragen beantworten und sich einer intensiven medizinischen Untersuchung unterziehen. Er wusste von dieser Prozedur nach jeder Rückkehr. Aber sie über sich ergehen lassen zu müssen, war eine harte Geduldsprobe.

Er fühlt sich von dem Mann vom Nachrichtendienst, der ihm die Fragen stellt, an die Wand gedrückt. In Gedanken dorthin zurückzukehren und Einzelheiten wiederfinden zu müssen, obwohl sich doch alles in ihm gegen diese Erinnerung sträubt. Der Wunsch, dem zu entkommen, ist der Grund, warum sein Blick unwillkürlich vom Fenster, vom Himmel angezogen wird. Doch der Mann holt ihn mit seiner klaren, unnachgiebigen Stimme immer wieder in die Realität zurück. Das könne helfen, andere Leben zu retten ... die kleinste Einzelheit, an die er sich erinnern könne ... Aber er glaubt nicht mehr an Leben, die gerettet werden könnten.

Nur Irènes Dasein verbindet ihn noch mit der Welt des Friedens.

Wie soll er sagen, was er dem Gesicht des Mannes mit der Sturmhaube angesehen hat? Wie soll er sagen, dass der Tod bereits allen Raum eingenommen und nur noch Überdruss auf diesem Gesicht hinterlassen hat und dass dieser Mann sein Werk fortsetzen wird. Trotz allem. Und dass dort alles so ist. Angesichts dessen können sie noch so viele Argumente der Staatsräson auflisten, nichts wird dem standhalten. Das übersteigt alles. Sowohl die Politik wie die guten Absichten. Was ihn angeht, er möchte nur noch, dass man ihn jetzt einfach in Ruhe lässt. Er kennt das alles nur zu gut.

Er möchte dem Mann, der ihn befragt, einfach sagen können Aus mir ist nichts mehr herauszubringen.

Während dieser Stunden, in denen die Fragen ihn in seine Erinnerung zurückversetzen, taucht das Gesicht der Frau in der wild gewordenen Stadt wieder vor ihm auf, ihr verzweifelter Versuch zu leben, zu überleben. Doch über sie spricht er nicht. Sie ist auf der Talsohle seiner Welt. Sie braucht Stille und Geheimhaltung. Als man ihn erneut auffordert, sich an die genauen Umstände seiner Entführung zu erinnern, sagt er nicht, was ihn an jenem Morgen veranlasst hat, auf dem Bürgersteig stehen zu bleiben. Er zuckt die Achseln, sagt Ich bin nicht schnell genug zu den anderen gelaufen ... auch wenn das auf Verwunderung stößt Dabei sind Sie doch ein erfahrener Kriegsreporter ... er wiederholt «erfahren», seufzt und murmelt Ich bin nicht mit den anderen weggerannt, ich war nicht schnell genug ... das ist alles.

Du kannst beruhigt sein, ich gebe nichts von dir preis. Ich schütze deine Strähnen schweren Haars, deinen Blick. Sobald die mich hier rauslassen, das verspreche ich dir, nehme ich mir die Zeit, morgens zuzusehen, wie sich das Licht über das große Feld ergießt, die Zeit, zu wandern, wohin ich will, die Zeit, dem Wasser des Sturzbachs zu lauschen, die Zeit. Für dich.

Er verbringt diese wenigen Tage in Paris in seltsamem Zustand. Ausbrüche reiner Freude beim Aufwachen in einem richtigen Bett und sogar beim Öffnen oder Schließen einer Tür. Und ein ungeheures Bedürfnis nach Stille und Zurückgezogenheit.

Sein Körper schwankt zwischen Anspannung und Erschöpfung hin und her. Manchmal überfällt ihn mitten am Tag eine große Mattigkeit. Man hat ihn in einer besonderen Residenz untergebracht, Irène besucht ihn jeden Tag. Sie wohnt in seiner kleinen Junggesellenwohnung. Sie ist zutiefst gerührt, als sie zum ersten Mal die Läden der beiden Wohnzimmerfenster öffnet. Wieder Licht auf all das fallen lassen, was wie ihr Sohn so lange eingeschlossen geblieben ist. Wenn das nur ein Sieg sein könnte.

Sie verbringt dort viele Stunden allein. Er hat ihr eine Liste von Dingen gegeben, die er mitnehmen will. Sobald man es ihm erlaubt, will er ins Dorf zurück. Es fällt ihr schwer, die Sachen zu suchen, sie fühlt sich als Eindringling in seinem Refugium. Sie sitzt in dem einzigen Sessel der Wohnung, einem alten Sessel, den sie wiedererkennt, weil er ihn von zu Hause mitgenommen hat, und wagt nicht, die Fotos an den Wänden näher zu betrachten oder die Papiere anzurühren, die auf seinem Schreibtisch liegen geblieben sind. Eine ganze Welt, die ihn bei seiner Rückkehr erwartete. Eine Welt der Arbeit. Und nur ganz wenige persönliche Gegenstände. Ihre Hände ruhen auf den Armlehnen und streicheln unwillkürlich den abgenutzten granatfarbenen Samt. Nur ein Bild flößt ihr Ruhe ein. Es stellt eine Gruppe von Bäumen dar, die sich ein wenig wie langes Haar auseinanderziehen. Die mit Grün vermischten warmen Blautöne und die kleinen roten Tüpfel erinnern sie, auch wenn sie ziemlich unrealistisch sind, an die Wälder zu Hause, rings um ihr Dorf. Sie begreift, dass er dieses Bild liebt. Sie betrachtet es und versucht, sich in die Gedanken dieses Mannes, ihres Sohns, hineinzuversetzen, wenn er ein paar Tage oder ein paar Wochen hier verbracht hat, ehe er wegflog, immer wieder wegflog. Man spürt deutlich, dass das hier nur seine Absteige ist, keine wirkliche bewohnte Bleibe. Sie ermisst, wie anders sein Leben ist, im Vergleich zu ihrem.

Man weiß nie wirklich etwas über sein eigenes Kind.

Er hat ihr mit erschöpfter Miene anvertraut Jahrelang schlafen und dann als neuer Mensch aufwachen, das wünschte ich mir. Schlafen, schlafen, schlafen. Ohne zu träumen.

Sie kann nicht mehr seine schlechten Träume verscheuchen. Sie hat die Macht ihrer Stimme verloren, um ihn abends zum Einschlafen zu bringen. Wie wiegt man einen Mann in den Schlaf, hinter dessen Augenlidern alle Gräuel dieser Welt gespeichert sind.

Sie nimmt sich wieder die Liste vor. Den Laptop in der Computer-Tasche verstauen, die gesamte Post, die der Hausmeister ihr gegeben hat, in eine andere Tasche tun. Die Gesten des Alltags haben sie immer gerettet. Am letzten Morgen reicht ihr der Hausmeister einen Brief, die Adresse mit feiner, markanter Schrift geschrieben, sie denkt Eine Frau. Auf der Rückseite des Umschlags, ein Name, eine Adresse. Tatsächlich eine Frau. Emma, er hatte sie bei seinen letzten Besuchen mehrfach erwähnt. Seit er heimgekehrt ist, hat er ihren Namen nicht mehr genannt.

In seinem Zimmer in der Residenz schreibt Étienne an jenem Morgen in ein Heft Keine Nacht kann mich von der unendlichen Erschöpfung jener befreien, die ich bei ihrem Versuch zu überleben gesehen habe.

Auch wenn alle ihn im Dorf erwartet haben, war die Losung ausgegeben worden, ihn nicht zu stören. Keine Banderole und kein Umtrunk im Gemeindesaal. Nur Enzos Arme, als sie aus dem Zug gestiegen sind. Er hat gespürt, wie die Schultern seines Freundes zitterten.

Étienne hat sich im Erdgeschoss eingerichtet, in einem Raum, halb Arbeits-, halb Schlafzimmer. Jenem, in dem sein Vater seine Reisen vorbereitet hat. Unmöglich, im Bett seines früheren Schlafzimmers im ersten Stock zu schlafen. Dabei war er hinaufgegangen und hatte eine ganze Weile auf dem Bett gesessen.

Irène ist mit beflügeltem Herzen in die Küche gegangen, um Kaffee zu kochen. In ihrem Kopf und ihren Händen tanzen die drei Worte «er ist da», verleihen jeder Bewegung etwas Kostbares.

Er ist mit seiner Tasche wieder die Treppe heruntergekommen, hat nur gefragt Kann ich mich für eine Weile im Arbeitszimmer niederlassen?

Irènes ganze Freude gerät ins Stocken. Natürlich mein Junge, nimm das Zimmer, das du willst. Sie bindet sich eine Schürze um, warum, weiß sie nicht, stellt seine Lieblingstasse vor ihn hin. Setzt sich ihm gegenüber auf ihren Lehnstuhl mit dem Strohsitz.

Étienne lächelt ihr zu. Die Tasse, die er an die Lippen führt, ist fein und breit, er riecht das herbe Aroma, saugt den Duft und die friedliche Atmosphäre des Hauses gierig in sich auf. Die Angst besänftigen, die ihn kurz zuvor dort oben erfüllt hat. Sie überfällt ihn manchmal, ohne dass er sie kommen sieht. Befremdende Momente. Alles, was ihm vertraut war, entfernt sich. Dabei bleiben die Dinge und die Menschen durchaus dieselben. Der Fremde ist er.

Er atmet langsam, trinkt seinen Kaffee. Er erinnert sich, dass er in den letzten Monaten alles für eine gute Tasse Kaffee gegeben hätte. Sich darauf beschränken. Den Kaffee trinken. Spüren, wie das aromatische Getränk seine Kehle hinabrinnt. Irène legt ihre Hand auf die seine.

Jede Nacht seit seiner Rückkehr muss er kämpfen, um sich nicht herabgesetzt zu fühlen. Er kämpft gegen das Gefühl an, etwas Wesentliches verloren zu haben, etwas, das ihn unter lebendigen Menschen am Leben gehalten hat. Dafür gibt es kein Wort. Im Zimmer seiner Kindheit schlafen, nein, das kann er daher nicht. Er braucht einen Raum, den sein Körper noch nie bewohnt hat, als könne der neue Körper, der jetzt der seine ist, nicht mehr an frühere Bezugspunkte anknüpfen. Es gelingt ihm nicht, die immense Freude über die Rückkehr, von der er nicht einmal zu träumen gewagt hatte, richtig auszuleben. Er bleibt immer am Rande. An der Grenze. Er hat noch nicht die Schwelle zu seiner Welt überschritten. Ist das etwa das Exil?

Irène hat sich gezwungen aufzustehen. Nicht die Tränen in die Augen steigen lassen, als sie spürt, dass er wieder in weite Ferne entgleitet. Sie kehrt in die Küche zurück. Aus einem anderen Raum mit ihm zu reden ist einfacher. Sie ruft ihm Worte zu, die die kleinen Dinge des Alltags glätten, Sag mir mal, mein Junge, ob du irgendwas brauchst. Und als Antwort Alles in Ordnung, Mama.

Wenn ich dir doch bloß die Kraft geben könnte, die mir noch bleibt, sind die Worte, die unausgesprochen in den Teig für den Kuchen eingehen, den sie gegen Abend backt.

Vor dem Abendessen fragt sie ihn Kommst du mit in den Garten? Er folgt ihr.

Sie erklärt ihm, was sie an neuen Pflanzen angebaut hat. Étienne hört nicht wirklich zu, lässt nur ihre Worte die über den Bergen heraufziehende Abenddämmerung und das so sanfte Licht begleiten. Er läuft im gleichen Rhythmus wie seine Mutter. Die Stimme und der Schritt sind die seiner Kindheit. Er zieht die Schuhe aus, schließt die Augen. Die Stimme seiner Mutter in ihrem Garten, die frische Luft, die sein Gesicht umgibt, die nackte Erde unter seinen Füßen: plötzlich hebt ihn eine Welle hoch, reißt ihn mit sich. Irène verstummt. Sprich weiter Mama, sprich weiter. Irène sieht ihn an, und auch sie spürt die Welle in ihrem Herzen. Sie zählt weiter für ihn all das auf, was sich während seiner Abwesenheit im Garten verändert hat. Mit Worten, ebenso einfach wie die Arbeit, die erforderlich ist, um den Garten zu pflegen. Ihre Stimme verliert sich ein wenig, wenn sie sich über einen neuen Steckling beugt, aber sie verstummt nicht. Sie spinnt den feinen Faden weiter, der ihrem Sohn im Garten Frieden bringt. Sie sieht Étienne wieder vor sich, am Tag, an dem er laufen gelernt hat, entlang der Korridorwand, sich mit einer Hand gegen die Wand stützend, während sie den Atem anhielt.

Étienne hat den Kopf in den Nacken gelegt, öffnet die Augen, kauert sich nieder, zerreibt zwischen den Fingern ein paar Grashalme und riecht an ihnen. Er möchte, dass diese Gerüche unter seine Haut dringen und alles andere beseitigen.

In der ersten Nacht im Haus seiner Mutter geht er allein in den Garten. Legt sich ins Gras, versucht dort erneut mit der Nacht ein Bündnis zu schließen. Eine seiner Hände gräbt sich in die Erde. Er ist heimgekehrt, ist wieder in einer Welt, in der nichts feindselig ist und in der Menschen wie seine Mutter Zeit darauf verwenden, Pflanzen anzubauen. Doch er weiß, dass es in dieser Welt kein Gleichgewicht gibt. Der Frieden hier wiegt das Grauen anderswo nicht auf. Hier das Leben, dort das Überleben. Bisher ist er von einer Welt in die andere gereist. Hat eine nützliche Tätigkeit ausgeübt. Inzwischen hat er erlebt, was das in Wirklichkeit ist: Er hat überhaupt nicht gezählt. Ist nur zu einem Tauschobjekt zwischen zwei Welten geworden, monatelang war das sein einziger Nutzwert gewesen. Das hat er in seinem Fleisch erlebt. Und so ergeht das ganzen Völkern. Das wird er nie vergessen.

Wo ist die Frau, die unbedingt wollte, dass das Leben in den jungen Körpern ihrer Kinder weiter- und weiterging? Vermodern sie auf einer Straße neben ihrem verkohlten Wagen? Er hat derart viele Leichen fotografiert, hat den Gestank gerochen, hat erfahren, was es heißt, sich anschließend wieder auf den Weg zu machen, ohne unter seiner Machtlosigkeit zusammenzubrechen, weil er mit seinen Fotos diesen Leuten die Chance geboten hat, der Welt zu zeigen, dass sie nicht völlig umsonst, sondern aufgrund rein finanzieller, in fragwürdige Ideale verkleideter Interessen gestorben sind. Ach, in dieser Nacht weiß er nichts mehr, hält nur die Augen offen. Er möchte nur eine Handvoll Erde aus diesem Garten über seinen Kopf hinweg in weite Ferne werfen, damit jedes Körnchen, das zu Boden fällt, jenen, die dort vermodern, zum Grabmal wird.

Am nächsten Morgen geht er allein aus dem Haus.
Seine schlaksige Gestalt stapft durch die schmalen Gassen des Dorfs. Er wirft keinen Blick auf die Fassaden der Häuser, versucht nicht, mit den Steinwänden des Dorfes wieder ein Bündnis zu schließen. Etwas Anderes hat ihn nach draußen getrieben. Er läuft an der Schule vorbei, streckt den Arm aus wie früher, als er noch ein Kind war, und streicht mit den Fingerspitzen zunächst über die rauen, kompakten Mauersteine und dann über die abgenutzten Gitterstäbe. Das Bild des Sturzbachs hat sich ihm schon beim Morgengrauen aufgedrängt. Er hat das Bedürfnis nach sprudelndem Wasser, das rauschend auf Steine herabstürzt, und Licht, das sich in ihm bricht. Die Energie des Wassers will er am ganzen Körper spüren. Seine Beine finden den Schritt von jemandem wieder, der weiß, wohin er geht. Die Gelenke, die zunächst noch furchtbar steif waren, lockern sich nach und nach ein wenig. Er spürt die frische Morgenluft im Gesicht und auf den Armen und hält sich beim Herabrennen des letzten steilen Hangs an Ästen und Wurzeln fest. All diese Bewegungen sind ihm noch wohlvertraut, sein Körper ist zwar nicht mehr so gelenkig, dennoch schlägt er sich wacker. Als er das Rauschen des Wassers hört, überkommt ihn die gleiche Hast wie damals als Kind. Das Geräusch verzehnfacht seine Begierde. Sein Körper reagiert jetzt wie früher. Als er sein Ziel

erreicht, kauert er sich am Ufer nieder und streckt die Hand aus. Das Wasser ist kalt, aber das ist eine lebendige Kälte. Er spürt den Druck auf seine Finger, streckt sie fest aus, um den Widerstand gegen die Strömung noch stärker zu spüren.

Das Sonnenlicht dringt inzwischen durch die Äste, fällt auf seine Schultern. Er setzt sich hin. Am Ufer sind Felsen, bieten einen erholsamen Anblick. Die großen Steinplatten, auf denen sie sich als Kinder zum Trocknen hingelegt haben, sind noch immer da. In seinem Kopf nehmen die Dinge wieder ihren alten Platz ein. Als sie größer wurden, bot kein Stein mehr Raum genug für ihre Körper. Er würde gern wissen, wann genau sein Körper zu groß geworden ist. Er hat das Bedürfnis, dieses Ereignis genauer bestimmen zu können, mit zwölf, mit dreizehn? In dem Jahr, in dem er sich zum ersten Mal allein gefühlt hat?

Er blickt zu den Bäumen auf. Um sich nichts vom Geruch des Waldes entgehen zu lassen, schließt er die Augen, lässt sein Gehör vom Getöse des Wassers betäuben. Und da kommt der Geruch. Er atmet den Duft des Waldes ein. Schwaden frischer und zugleich würziger Luft. Die großen Bäume sind da. Er spürt ihre stumme Gegenwart ringsumher. Sich ihrer Kraft überlassen. Hier hat sich nichts verändert. Und nichts braucht ihn, um zu existieren. Er darf überflüssig sein. Das ist erholsam.

Als er die Augen öffnet, sieht er Enzo wieder vor sich, wie er den Fluss überquert, von Stein zu Stein balancierend, und er folgt ihm. Wie früher. Er erreicht die großen Steinplatten und setzt sich. Unter seiner Handfläche spürt er den vom kalten Wasser eisigen Rand und direkt darüber die von der Sonne erhitzte Oberseite der Steinplatte. Beide in seiner Hand. In seinem Inneren die gleiche Empfindung. Er bleibt lange so sitzen, mit reglosem Körper, wie zur Zeit seiner Gefangenschaft, aber hier ist er draußen im Freien, an der frischen Luft, und kann sich rühren, wann er will.

Und dennoch gefangen. Diese drei Silben lassen ihn nicht los.

Gefangen, sobald er sich in Gegenwart anderer befindet.

Steckt ihm das etwa jetzt in den Adern, im Blut? Sogar hier?

Er versucht, sich hinzulegen. Er hat das Bedürfnis, den Himmel direkt über sich zu sehen. Die Beine anziehen. So wenig Platz wie möglich einnehmen.

Gefangen. Das vibriert in seinem Bauch und mitten zwischen den Schultern. Im Nacken. Er sieht wieder den gebeugten Nacken eines Gefangenen vor sich, mit dem es bald zu Ende gehen würde.

Jetzt spürt auch er es im Nacken. All das, was er gesehen hat. Wie hat er nur jahrelang den Anblick solcher

Szenen ertragen können? Er hat geglaubt, er sei immun dagegen. Er hat geglaubt ... aber jetzt kann er das nicht mehr, alles kommt hoch. Und er selbst, ein besetztes Gebiet. Am liebsten würde er schreien Habe ich nicht Anrecht auf ein bisschen Ruhe und Frieden? Da sieht er Emma wieder vor sich, wie sie zu ihm sagt, durch seine Abwesenheit mache er sie zu einer Geisel, so empfinde sie das. Ihr Brief steckt in seiner Tasche, er hat ihn nicht geöffnet. Sie konnte nicht ahnen, was sie mit ihren Worten auslösen würde. Emmas Körper an den seinen geschmiegt, ihre Wärme, ihre überwältigende Sanftheit. Er seufzt, denkt an die Worte zurück, die sie an seiner Brust geflüstert hat. Nein, sie konnte nicht ahnen ... ihm selbst war noch nicht bewusst gewesen, welch fatale Wirkung diese Worte haben würden. Sie schlugen ein wie ein Blitz, sodass seine Arme Emma nicht mehr an sich drücken konnten. Er war wie am Boden zerstört gewesen. Unfähig zu begreifen, warum. Er hatte keine Einzelheit dieser Szene vergessen, nicht die geringste.

Aber heute, da er allein am Sturzbach ist, weiß er, welche Seite sie in ihm damit angesprochen hat. Ein Gebiet, das keine Armee je befreien würde. Eine unantastbare Zone.

Und all seine Schutzbarrikaden haben dort unten Feuer gefangen. In der Gefangenschaft. In der Abkapselung, die er bis in die feinste Faser seines Seins gespürt hat.

Nur hier kann er ein wenig Frieden wiederfinden.

Alles, was ich getan habe, Herrgott noch mal, ein ganzes Leben, nur um denen, die vom Krieg zermalmt werden, die Chance zu geben, gesehen und gehört zu werden, ein ganzes Leben voller Wagnisse und Gefahren ... und das für nichts und wieder nichts?

Ich bin aufs Überleben reduziert worden. Für etwas frisches Wasser oder den Körper einer Frau hätte ich alles gegeben.

Sie haben nicht versucht, ihn zu erniedrigen. Die Situation bewirkte das von allein. Er war zu einem Objekt geworden. Haben das die Sklaven empfunden, die auf den Märkten verkauft wurden?

Étienne steht auf. Sein Körper braucht Bewegung, er muss sich dieser Gedanken entledigen, die die Gitterstäbe des Käfigs rings um ihn herum wieder in die Erde treiben, einen nach dem anderen. Emmas Brief könnte er in den Fluss werfen. Seine Finger gleiten über den Umschlag. Aber Emmas Haut hat er nicht vergessen.

Der ganze Tag gehört ihm. Er geht über die Berge, durch den Wald, ohne sich zu fragen wohin. Sein Herz schlägt höher. Die alten Fußspuren sind noch unter seinen Schuhsohlen, er kann sich nur noch auf sie verlassen. Am Sturzbach füllt er die Feldflasche, die er an diesem Morgen wiedergefunden hat. Er kostet das

Wasser in seiner hohlen Hand. Möge dieses Wasser ihn von all dem reinwaschen, was ihn daran hindert, das Glück zu spüren, lebendig zu sein. Er schlägt den Weg durch den Wald ein.

Er hat Irène gesagt, dass er vermutlich erst spät heimkommen werde, und sie hat nur ein Stück Brot und etwas Käse geholt, die er zusammen mit der Feldflasche in seine Umhängetasche gesteckt hat wie damals, als er noch klein war.

Sie hat ihm durchs Fenster nachgeblickt.

Seine hohe Statur erinnerte sie an längst vergangene Jahre. Sie führte ein Selbstgespräch wie so oft. Du hast denselben Gang wie dein Vater. Wenn er von seinen Reisen zurückgekehrt war und ich gespürt habe, dass er nur einen Wunsch hatte: möglichst schnell wieder fortzugehen. Auch er ging in den Wald, und selbst hier, in unserem Haus, hörte das Warten nie auf. Seine Anwesenheit änderte nichts daran. Ich war zu einer seltsamen Frau geworden. Eine Frau, die wartet, ist nicht mehr ganz eine Frau. Muss die Geschichte immer wieder von Neuem beginnen? Ich war wie unser Dorf, ein Durchgangsort, von Gassen durchlaufen, die alle zum Zentrum zu führen scheinen, zum Dorfplatz, in Wirklichkeit aber fast unmerklich eine andere Richtung einschlagen und immer in den Wald führen. Eines Tages habe ich dich gesucht, du warst damals noch klein, sieben oder acht vielleicht, und du bist mit einem Stück Kuchen in der Hand mit seltsamer Miene nach draußen gegangen. Ich bin dir in großem Abstand gefolgt. Du bist erst in eine, dann in eine andere Straße eingebogen, ich habe mich gefragt, wohin du gehen wolltest ... zu Enzo? Nein, du hast das Haus des Italieners links liegen gelassen und hattest einen entschlossenen Schritt, das hat mich neugierig gemacht. Du bist weitergegangen, und da habe ich begriffen. Aber ich bin dir trotzdem gefolgt. Du hast vor dem Sturzbach haltgemacht und dein Stück Kuchen im Stehen gegessen, an der Stelle, an der das Wasser in Kaskaden herabstürzt. Dann hast du mit einer weiten Handbewegung die Krümel in den Bach gestreut, wie eine Opfergabe, und ich habe gehört, wie du beim Rauschen des Wassers etwas gesagt, etwas geschrien hast. Ich habe die Worte nicht verstanden, aber ich habe an ein Gebet gedacht und bin dort geblieben, um dich zu betrachten. Hätte ich dich, wenn ich dein Gebet verstanden hätte, besser vor der Welt beschützen können?

Du und ich waren von der Abwesenheit besetzte kleine Gebiete. Und wir haben uns bemüht, damit fertig zu werden, so gut es ging. Manchmal muss man es verstehen, den Kopf zu senken.

Irène setzt sich ans Klavier und spielt, und der Klang begleitet ihre Gedanken, bis sich die Gedanken verflüchtigen und nur die Musik zurückbleibt.

Als das Licht aus dem Westen die Berge in der Ferne erwärmt, geht Étienne wieder ins Dorf hinab. Nach all den Stunden, die er im Wald und auf den Höhen verbracht hat, bleibt ein gewisser Rausch zurück, ihm schwirrt der Kopf und er hat wankende Knie. Das ist der Preis, den er zu zahlen hat für seinen ersten Tag an der frischen Luft. Er nimmt sich fest vor, dass es andere geben wird, viele andere. Wandern und nochmals wandern. An nichts mehr denken, sich nur von der Mechanik der Beine tragen lassen. Die sich wie ein kompliziertes Flechtwerk gegen das Licht abzeichnenden Äste der Bäume, und er. Sich in diesen Motiven, den intensiven Grüntönen und dem fast dunklen Blau des Blattwerks verlieren. Er denkt an das Bild von Alexandre Hollan zurück, das in seinem Büro in Paris hängt.

Am Gipfel angekommen, noch langsamer gehen, wegen des Lichts, in dem das Dorf in der Talsenke erstrahlt. Und an einen Baum gelehnt das Brot und den Käse essen.

Beim Essen kommen ihm wieder die Worte einer Freundin in den Sinn, die kurz zuvor eine Reportage über Gefängnisse gemacht hatte. Die Häftlinge träumten von Spiegeleiern, und sie hatte ihnen versprochen, an sie zu denken, sobald sie sich Spiegeleier braten werde. Sie hatte ihm erzählt, wie sie bei der Zubereitung ihre ganze Aufmerksamkeit auf das brutzelnde Geräusch der Pfanne und den Geruch in der Küche gerichtet hatte und wie dadurch ein Spiegelei zu einem erlesenen Gericht wurde. Er erinnert sich daran, wie das Warten auf den Blechnapf zum einzigen Ereignis des Tages geworden war. Das einzige, das ihn nicht in Furcht und Schrecken versetzte. Eines Tages hatten sie es vergessen oder ihm den Napf nicht geben können, das hatte er nie herausgefunden. Da hatte er die Angst kennengelernt, nichts mehr zu essen zu bekommen, und die Wut, das bloße Überleben der Willkür anderer Menschen zu verdanken. Er verübelte sich selbst, dass er auf jedes Geräusch horchte wie ein auf der Lauer liegendes Tier. An jenem Tag hatte er sich vergeblich gezwungen, nicht mehr ans Essen zu denken. Sein ganzes Sein nur noch vom Essnapf bestimmt, so tief war er gesunken. Die Angst vor einem Gefecht kann man überwinden, Erniedrigungen dagegen nicht. Nachdem er auf dem Hügel Brot und Käse gegessen hat, muss er jenen Tag aus seiner Erinnerung streichen, um die Freiheit zu genießen.

Er hat sich auf den Geschmack des Brotes konzentriert. Nie dessen überdrüssig werden. Es sich übelnehmen, schon wieder etwas zu verschlingen, ohne sich die

Zeit zu nehmen, es in Ruhe zu genießen. Damit alles, was er wiederentdeckt, wirklich Wurzeln fasst. Um es nie wieder zu verlieren. Aber er wird vergessen. Das weiß er. Ich werde vergessen, auf den Geschmack des Brotes zu achten, aber die Schmach, auf den Blechnapf gewartet zu haben, ist mir in die Haut tätowiert. Sie kann jederzeit wiederkehren wie der Knall eines Auspuffs, der mich zusammenzucken lässt und in den Krieg zurückversetzt, oder wie das Bild jener Frau, das mir beim Anblick einer simplen Flasche Wasser auf dem Tisch meiner Mutter vor Augen tritt. Warum bleibt gerade das zurück? Mein Gott, was wird nur in sechs Monaten oder einem Jahr in meinem Kopf zurückbleiben?

Als er zum Dorf hinabsteigt, spürt er, dass er nicht sofort zu seiner Mutter zurückkehren kann. Noch zu schwierig.

Er geht langsam. Alles, was ihn gewöhnlich mit der Zeit verbunden hat, ist ausgelöscht. Die vergangenen Monate, in denen er abgeschnitten war von anderen Menschen und der durch Uhren geregelten Zeit, haben ihm auch den Zugang zur zukünftigen Zeit versperrt. Sein Kopf brummt noch von alledem. Sein Horizont beschränkt sich auf den Sturzbach, die Berge, das Haus seiner Kindheit und die liebevolle Aufnahme seiner Mutter ... Was jenseits dessen liegt, weiß er nicht. Sich nur noch an das klammern, was ihm vor seinen Reisen vertraut war.

Seine Schritte führen ihn zu Enzo. Enzos Tür ist nie verschlossen. Sein Lächeln wiederfinden, seine wortkarge Art und seine ausgebreiteten Arme. Die friedliche Atmosphäre seiner Werkstatt.

Er setzt sich in eine Ecke, betrachtet gedankenverloren seinen Freund, der sich wieder seiner Arbeit zugewandt hat.

So verharrt er lange wie benommen.

Dann denkt er an die Bäume und was hier aus ihnen wird. Ein anderes Leben, das von Hand zu Hand weitergegeben wird.

Er hat Enzo immer um seine Fähigkeit beneidet, etwas zu «verwandeln». Es vergeht eine geraume Zeit ohne ein Wort. Der Geruch des Holzes, das Geräusch der Werkzeuge, der Wind draußen, der sich ein wenig erhoben hat, das reicht.

Dann verlässt Enzo die Hobelbank. Im Vorübergehen legt er Étienne die Hand auf die Schulter. Er kommt mit einer Flasche und zwei Gläsern wieder. Étienne lächelt. Er erkennt das Etikett wieder. Sein Lieblingswein. Eine sehr intensive und zugleich leichte Rebsorte. Ein seltener Wein. Enzo hat immer große Sorgfalt auf seinen Weinkeller verwendet, wie auf alles, was er in die Hand nimmt. Sie sitzen nebeneinander und trinken langsam Wein, wie zuvor.

Den vergessenen Geschmack wiederfinden, sich auf das Aroma konzentrieren, Enzos Stimme lauschen, wenn er etwas sagt. Die Länder, in denen du warst, spüre ich manchmal in den Händen, wenn ich arbeite. Das Holz hat mich immer in Wälder geführt, und nicht nur in die hiesigen. Mit dem Holz mache ich weite Reisen. Auf meine Weise. Die Vibrationen dieser Stimme besänftigen ihn, er kennt sie so gut. Enzos Stimme und den Klang seines Cellos verbindet er in seiner Erinnerung mit derselben Zärtlichkeit. Sie vermischt sich mit dem Geschmack des Weins. Er spürt nicht, wie die Trunkenheit ihn allmählich überkommt, aber nach und nach hat er das Gefühl, sein Körper mache sich davon. In weite Ferne. Dabei ist alles da: der Geruch des Holzes, Enzos Anwesenheit und die warme Farbe des Weins in dem Glas, das er bis vor die Augen hebt. Beruhigend. Aber sein Körper lässt ihn im Stich, schwebt, und die Angst stellt sich wieder ein. Er sieht wieder Gebirge in der Ferne, verborgene Landschaften. Er spürt, wie sich sein Brustkorb zusammenschnürt. Wie dort unten. Als das ganze Gewicht der Bilder zu einer schweren Last zu werden begann, denn wenn man nichts mit ihnen anfängt, lasten sie auf jedem Quadratmillimeter des Gehirns. Wann ist endlich Frieden?

Plötzlich nimmt er Enzos Arm, sagt Spiel etwas für mich. Bitte.

Enzo trinkt sein Glas leer und steht wortlos auf. Étienne folgt ihm in den großen Wohnraum des

Hauses. Hier strömt alles den Frieden alltäglicher Gesten aus, die durch nichts gestört werden. Étienne setzt sich, lässt den Nacken auf der Rückenlehne seines Sessels ruhen. Sich der Musik seines Freundes überlassen, nur das. Sein ganzes Programm für diese Nacht.

Enzo fragt ihn nicht, welches Stück er hören möchte. Er stimmt mit tiefem Ernst sein Instrument, so wie er es immer getan hat, und beginnt unmittelbar zu spielen.

Étienne findet den Wald wieder. Enzo hat dieselbe Wirkung auf ihn wie die Bäume. Einfach die Macht seiner Gegenwart. Étienne seufzt, trinkt weiter Wein, schließt die Augen. Er kennt das Stück nicht, das Enzo spielt, und das ist gut so. Er lässt sich vom Unbekannten mitreißen. Nach und nach lockert sich etwas in seinem Brustkorb. Die Musik dringt in ihn ein, die Bilder weichen zurück. Die Landschaften, die vor seinem Auge auftauchen, entleeren sich der Menschen. Bleiben nur die Wüste und die dürren Hügel. Das Meer ist nicht weit weg. Es ist ein seltsames Gebiet. Kein Hindernis mehr in Sicht. Auf allen Seiten der Horizont. Und jetzt ein weiter Strand. Er ist ganz klein. Sein Vater geht neben ihm. Zwischen den beiden die Meeresbrise. Der Sand des Strands und jener der Wüste verschmelzen miteinander. Er hält jetzt wieder seinen Fotoapparat in der Hand. Spürt das vertraute Gewicht. Er geht. Er ist ganz allein angesichts der unendlichen Weite. Die Musik begleitet diese seltsame Reise. Ganz allmählich gleitet er in den Schlaf.

Enzo spielt weiter für seinen eingeschlafenen Freund. Vor seinen Augen jetzt der stark abgemagerte Körper. Er spielt leise. Er lässt das Wort «Abkapselung» auf den beiden tiefen Saiten des Cellos vibrieren. Unter seiner eigenen Haut. Étiennes Gesicht ist friedlich. Endlich. Enzo spielt leise weiter. Die Musik füllt jetzt den ganzen Raum. Sie hütet den Schlaf seines Freundes. Vorher hatte Étienne jedes Mal gesagt, wenn er heimgekehrt war, er finde im Dorf die richtigen Nächte wieder, den Schlaf in einem schützenden Kokon ringsumher. Hier könne er die nötige Kraft sammeln, um sich für den Anblick der Dinge zu wappnen, die ihn anderswo erwarteten. Für Enzo hat der Körper seines Freundes etwas von einem Mausoleum. Alles, was er gesehen, gefühlt oder gehört hat, ist in ihm, ohne das Geringste zu vergessen. Étienne hatte ihm in Irènes Haus am Abend seiner Rückkehr ganz leise gesagt, dass für ihn alles einen Riss bekommen habe, seit man ihn gezwungen hatte, so zu leben, wie er in den letzten Monaten gelebt hatte. Selbst die Nacht. Enzo hatte nichts darauf erwidert.

Die Worte, die er seinem Freund hätte sagen wollen, fließen in dieser Nacht in seine Musik ein.

Sie erzählen von der Morgenluft, die er für ihn eingeatmet hat. Erzählen von den Baumwipfeln und vom Schwung des Flugs, wenn er hoch oben in der Luft geschwebt und sich bemüht hat, die Grenzen der Abkapselung auszudehnen. Für ihn. Für Étienne. Die Worte sind da. Seine Hände haben immer besser verstanden, etwas zu sagen, als sein Mund. Möge die Musik seinen Schlaf hüten. Die schlechten Träume fernhalten. Er bewacht das Tor zu allen Höllen. Schlaf Étienne, die Abkapselung ist noch da, in deinem Körper. Schlaf. Schon als wir noch klein waren, wolltest du möglichst wenig Platz einnehmen. Du warst derjenige, den man nicht bemerkte, dessen Anwesenheit man vergaß. Ich habe davon geträumt zu fliegen, aber du hast dich so leicht wie möglich gemacht, um die Welt zu sehen. Unser Dorf, selbst wenn man es von oben sieht, hat dir nicht gereicht. Ein Teil deiner selbst war anderswo, stets anderswo. Sogar wenn wir alle drei das Trio von Weber gespielt haben, war ein Teil von dir nicht da. Wir beiden, Jofranka und ich, haben dich nicht zurückhalten können. Und ich habe Jofranka nicht zurückhalten können. Dies hier ist ein Dorf, in dem man es nicht versteht, jene zurückzuhalten, die weggehen wollen. Man versteht es nur, ihnen nachzublicken, bis sie hinter unserem Horizont verschwunden sind, und anschließend wartet man auf sie. So gut man kann.

In Enzos Brust sind dunkelblaue Wälder. Er spielt, hält nicht inne, fliegt sehr hoch über das Dorf, und die Luft erfüllt seine Musik. Jeder Buchstabe der Abkapselung fliegt weg. In weite Ferne. Wie der Staub, der im Sommer auf den Wegen aufwirbelt und sich verflüchtigt.

In Enzos Musik sind alle Länder da, die er nicht kennt und nie kennenlernen wird, und auch der Teil seiner selbst, der abwesend ist, vibriert im ganzen Raum. Mit diesem Teil, das weiß er, poliert er jeden Tag das Holz. Der abwesende Teil kann keinerlei Liebe enthalten. Jeder von ihnen dreien hatte seinen eigenen, und jeder spielte ihn in ihrem Trio.

Enzo spielt in dieser Nacht für Étienne, für Jofranka und für die Kindheit, die sie auf ihrem Weg vereint hat. Für den Teil ihrer selbst, den sie nie erreichen werden. Den Teil, dessen Geisel sie immer bleiben werden.

Enzo hat die ganze Nacht gewacht. Am Telefon hat er mit leiser Stimme zu Irène gesagt Er schläft ... das macht der Wein ... Weck ihn nicht, das ist gut ... Nachdem er den Bogen vor Müdigkeit hat sinken lassen, hat er sich an den Tisch gesetzt, langsam die Flasche geleert und auf die Morgendämmerung gewartet. Er hat Jofranka wieder vor sich gesehen. Die Bilder aus der Kindheit waren die eindrucksvollsten. Er hat ihren Pakt zu dritt unter dem Baum wiedergesehen. Das Gesicht der kleinen Jofranka, die tapfer die Augen offenhielt.

Er hätte gern das Messer in der Hand gehalten.

Als Étienne am frühen Morgen Enzos Haus verlässt, berühren seine Finger Emmas Brief unten in seiner Tasche. Ihn zu öffnen und zu lesen, hatte er den ganzen Tag keine Lust gehabt. Anschließend hatte er ihn vergessen. Im Sonnenlicht betrachtet er den Umschlag. Die Schrift kennt er nur zu gut. Sie hatte ihm oft Zettel mit zärtlichen Worten in seine Taschen gesteckt, und beim Berühren, beim bloßen Berühren dieser Zettel mit den Fingerspitzen mitten im Chaos hatte er einen Hauch der letzten Nacht mit ihr, ihren Geruch wiedergefunden. Die unbezwingbare Lust heimzukehren. Was zieht ihn nur immer wieder in diese verwüsteten Gegenden der Welt? Auf seiner letzten Reise hatte er mehrfach unwillkürlich mit den Fingerspitzen nach einem kleinen Zettel in seiner Tasche gesucht. Aber da war nichts. Ihre Geschichte war zu Ende.

Sie hat ihm also einen Brief geschrieben.
Doch er weiß, dass Worte, egal welche, in Zukunft nutzlos sind. Er steckt den Brief wieder in die Tasche. Er wird ihn nicht lesen.

Als er nach Hause kommt, sitzt Irène am Klavier. Er drückt ihr einen Kuss aufs Haar und setzt sich hinter ihr auf den Stuhl mit der hohen Rückenlehne, wie früher, als er noch ein Kind war. Er hört ihr zu. Er weiß nicht, dass sie oft, wenn sie nachts nicht schlafen kann, Klavier spielt. Doch an all den Tagen, an denen sie zuweilen so sehr von Angst erfüllt war, ist das Klavier stumm geblieben. Ihre Finger auf Tasten zu legen, auf die er die seinen gelegt hatte, war ihr unmöglich. Sie verfluchte die Erinnerung an die längst vergangenen Tage des Wartens, als sie die Hoffnung aufgab, Louis wiederzusehen, seinen Vater. Sie hatte das Schicksal nicht herausfordern wollen. Étienne würde wiederkommen. Étienne war immer wiedergekommen. Sie durfte nicht das eine Warten mit dem anderen verwechseln. Und daher hatte sie gelesen. Nacht für Nacht. Wenn es die Bücher nicht gegeben hätte ...

Doch heute Nacht hat sie sich ans Klavier gesetzt. Hat gespielt. Ihren Sohn bei Enzo zu wissen, wie früher, bedeutete für sie, ihre vertraute Welt wiederzufinden. Sie hat sich zum ersten Mal seit langer Zeit frei gefühlt. Hat lange gespielt, sich dem wiedergefundenen Frieden überlassen. Und da ist, ganz langsam wie der Sommerdunst, der über dem Meer heraufzieht, aus den Tiefen ihres Inneren ein sehr alter Schmerz wieder aufgetaucht, über den sie nie gesprochen hat. Mit niemandem. Die Erinnerung an einen Brief, den sie in einer Schublade ihres Mannes Louis entdeckt hatte, während er wieder einmal auf Reisen in weiter Ferne war. Einen von einer anderen Frau geschriebenen Brief, der nicht wirklich versteckt worden war, ein Brief, in dem das Warten zum Ausdruck kam. In einer Fremdsprache verfasst, aber die letzten Worte an ihn auf Französisch Liebster, ich warte, ich warte, ich warte ... Eine ganze Zeile von «ich warte», geschrieben von der Hand einer anderen Frau. Diese Worte schweben in der Luft, der langsame Strom der Erinnerung treibt sie wieder herbei. Schon wieder das Warten und Warten. Das der Mütter, das der Geliebten ... Sie hatte mit Louis nicht darüber gesprochen. Étienne war gerade zur Welt gekommen, und sie hatte begriffen, dass Louis immer wieder zu ihnen zurückkehren würde. Sie hat nie das Gesicht dieser Frau gesehen und keine Nachforschungen angestellt. Sie kennt nur ihren Vornamen und ihre Unterschrift. Die Briefmarke stammte aus einem fernen Land, und alles in ihr sträubte sich dagegen, mehr wissen zu wollen. Als sie sich schließlich dazu durchringen musste, ihn für tot zu erklären und allein seine Sachen zu ordnen, hat sie diesen Brief nicht wiedergefunden.

Nachts hat sie oft daran gedacht, dieser Frau zu schreiben. Hasserfüllte Briefe, wenn sie sich vorstellte, dass er seine letzte Reise unternommen hatte, um sie wiederzusehen. Fragende Briefe. Seit wann? Wo? ...

Und dann glättete die Zeit den Schmerz, und sie widmete ihre Arbeitskraft den Kindern. Étienne natürlich und den anderen Kindern des Dorfes. Sie schenkte ihnen ihre ganze Aufmerksamkeit. Nach und nach lernte sie, an einem schlecht verknoteten Schnürsenkel, an einem lange nicht beseitigten Fleck auf einem Pullover, an einem zu sehr aufgesetzten Lächeln die Einsamkeit eines Kindes in einer sich auflösenden Familie abzulesen, und an vielen anderen Anzeichen, die erkennen ließen, ob die Kinder in einer Umgebung von Gewalt, Niedergeschlagenheit oder Freude aufwuchsen ... sie kannte das Dorf durch die Kinder. Sehr bald hatte sie Enzo und Jofranka «adoptiert», die beiden Kinder, die Étienne sich als Freunde ausgesucht hatte.

Heute Morgen spielt sie die Klavierstimme des Trios, Étiennes Part. Ein Lächeln legt sich auf ihre Lippen. Sie sieht sie wieder vor sich, alle drei so voller Ernst, und sie atmet freier. Alles ist jetzt wieder in Ordnung. Étienne ist heimgekehrt, die Erinnerungen können wieder ihren gewohnten Platz einnehmen, und sie wartet auf niemanden mehr. Und plötzlich wünscht sie sich, dass die andere Frau auch nicht mehr zu warten braucht. Für Eifersucht, Wut und Hass ist kein Platz mehr in ihr. Warum hätte sie die Einzige sein sollen, die Louis liebte? Sie denkt sich einen Brief aus, den sie dieser Frau schreiben könnte, einen Brief, in dem stände, dass das Warten Löcher in den Leib bohrt und man dabei die glücklichen Erinnerungen verliert, und das sei schade, einen Brief, in dem stände, Louis sei schon vor so vielen Jahren auf hoher See verschollen ... sie solle nicht glauben, er habe sie einfach eines Tages, ohne ein Wort darüber zu verlieren, aus seinem Leben gestrichen. Falls diese Frau heute noch lebt, muss sie eine alte Dame sein, wie sie selbst. Aber es ist unmöglich, tatsächlich einen solchen Brief zu schreiben. Und daher denkt sie, während sie am Klavier sitzt, an diese Frau am anderen Ende der Welt und an ihren gemeinsamen Teil, den derselbe Mann genommen und mit sich in den Tod gerissen hat. Sie denkt an diese Frau wie an eine seltsame Begleiterin.

Ich mag es gern, wenn du Klavier spielst, Mama ...

Étiennes Stimme holt sie aus ihrer Abwesenheit zurück. Sie wendet ihm den Kopf zu. Er kann nicht ahnen, was seine Abwesenheit aus der Vergessenheit hervorgeholt hat ... sie lächelt.

Solange meine Finger mich nicht im Stich lassen, nehme ich die Chance wahr, mein Junge ... möchtest du einen Kaffee?

Sie setzen sich beide in die Küche. Irène ist wieder still anwesend geworden. Für ihn. Im Duft des heißen Kaffees. Étienne betrachtet sie. Ein Sohn weiß nicht, was hinter der Stirn einer Mutter vor sich geht. Er trifft sie so wieder, wie sie ihm immer erschienen ist. Stark, friedlich, besänftigend. Heute Morgen ist er in Enzos Haus aufgewacht, mit einer leichten Decke um seine Schultern gelegt. Enzo wieder zu begegnen war eine große Freude. In dieser Nacht hat er ohne Albträume geschlafen. Ist es möglich, dass die schönen Tage wiederkommen?

Der Duft des heißen Kaffees, das Lächeln seiner Mutter, ihre Hand in seinem Haar ... Und plötzlich rinnen die Tränen, mit denen er nicht gerechnet hat, ohne dass er sie zurückhalten kann ... tut mir leid, Mama ... tut mir leid ... mehr kann er nicht sagen ... Irène drückt ihn an sich wie damals, als er noch klein war. Wie soll sie die ganze Verzweiflung eines Mannes auf sich laden? Er lässt sich zurücksinken gegen den zierlichen Körper seiner Mutter, lehnt den Kopf an ihren Bauch, schließt die Augen und lässt sich von einer hohen Woge davontragen. Sie streichelt noch immer sanft seinen Kopf. Durchs Fenster sieht sie den Himmel und einen Vogel, mit leichtem Flug in großer Höhe ... Die Vögel sehen alles, und nichts lässt ihre Flügel schwerer werden. Hinter den Augenlidern meines Sohnes verbirgt sich der Horror der Welt. Wie viele ungehörte Schreie, Hilferufe, gestammelte Worte, Trümmer so vieler Leben, Trümmer, Trümmer ... sind in diesem Kopf, den ich streichle, mein Gott ... wie kann man nur in einem Trümmerfeld leben ... im

Jammer ... und Étiennes Tränen rinnen auch ihr aus den Augen.

Sie sitzen in der Küche. Keine Waffe schützt vor dem Schmerz der Welt. Irène versucht nicht, Trostworte zu finden. Es gibt keine. Nach und nach wird der Jammer weichen, daran klammert sie sich. Weil es die Vögel gibt, die all das Leid unter ihre Flügel nehmen. Weil es die Bäume gibt, die den Schmerz der Menschen bis in die Spitzen ihrer Blätter leiten. Weil es Sturzbäche gibt, in denen Steine in klarem Wasser rollen und in denen sich die Kinder vergnügen. Sie versucht, mit aller Kraft daran zu glauben.

Étiennes Welt stützt sich in den darauffolgenden Monaten auf die der Kindheit. Sein Tagesablauf folgt wieder einem bestimmten Rhythmus. Er wandert viel, lässt sich erneut von der Atmosphäre hier durchdringen, von der Stimme seiner Mutter, die ein paar Worte mit einem Nachbarn wechselt oder einen Anruf entgegennimmt. Auskunft über sein Befinden gibt nur sie. So vergeht eine Reihe von Tagen.

Er lässt sich im ehemaligen Arbeitszimmer seines Vaters nieder und fragt sich, woran dieser Mann wohl gedacht hat, wenn er allein auf hoher See war. Er hätte so gern sein Schiffstagebuch gelesen. Aber da war nichts. Keine Spur. Alles war mit ihm verschwunden. Dann tauchen wieder Bilder von verwüsteten Häusern vor ihm auf, in denen Leute, wo auch immer auf der Welt, nach Spuren, einem Gegenstand, den sie mitnehmen könnten, oder nach irgendetwas suchen, das die Vergangenheit wachruft ... Seine eigenen Erinnerungen treten ihm in ungeordneter Form vor Augen. Es sind vor allem Bilder aus fernen Zeiten, die ihm sein Gedächtnis liefert. Die seiner ersten Reportagen und immer wieder etwas, das an seine Kindheit hier in diesem Dorf anknüpft. Manchmal hat er das Gefühl, wieder ein Kind zu sein. Aber ohne die Naivität eines Kindes. Naivität bewahrt vor Barbarei. Sie schließt jedoch nicht etwas Ungezähmtes aus. Denn ungezähmt waren sie gewesen, er, Enzo und Jofranka. So denkt Étienne an sie alle drei zurück. Ungezähmt war die Welt, die sie sich geschaffen, in der sie gelebt hatten, fern der Realität der anderen. Und diese Welt hatten sie erbittert verteidigt, wie nur Kinder es tun können. Sie hatten viele Stunden inmitten von Bäumen, am Bach oder in Enzos Zimmer verbracht. Er hatte den Dachboden ganz für sich allein gehabt und eine Art Tipi unter den Dachbalken aufgebaut. Ihr Haus. Étienne sieht sie wieder vor sich, wie sie die Schätze hervorholen, die sie bei ihren Wanderungen gesammelt haben, nachdem sie die Geheimfigur ihrer drei sich berührenden Zeigefinger gebildet haben. Das Zeichen des geteilten Bluts. Fürs Leben. Irène hatte sie gewähren lassen. Aber sie hatte die Musik in ihr Leben eingeführt. Heute ermisst Étienne, wie feinsinnig diese Erziehung war. Mit großer Freiheit, aber auch mit hohen Anforderungen. Irène wusste, was sie tat. Die Musik stand für die Strenge, ohne die keine Schönheit entsteht. Jeder Kommentar war überflüssig. Man brauchte nur hinzuhören.

Sie hatte die Musik benutzt, um sie dazu zu bringen, Regeln und Zwänge zu akzeptieren. Er denkt «das Taktmaß», Takt und Maß zugleich.

Nach und nach hatte er die Musik aufgegeben. Er übte nicht mehr genug. Verlor die Freude daran. Von Jahr zu Jahr, von Auftrag zu Auftrag. Manchmal, wenn in einem Hotel oder einer Bar ein Klavier stand, hatte er eine Weile gespielt.

Eines Tages, er erinnert sich noch, hatte ihn ein alter Mann in einer halb von Bomben zerstörten Stadt am Ärmel gezupft, während er Klavier spielte. Er hatte nicht begriffen, was der Mann wollte. Trotzdem war er ihm gefolgt. Im Krieg tut man Dinge, ohne über sie nachzudenken. Nur aufgrund eines Blicks oder einer Hand, die einen auffordert. Er war durch ein Gewirr von Gässchen gelaufen und hatte sich gefragt, wie er sein Hotel wiederfinden sollte, falls der alte Mann ihn nicht zurückbegleitete. Er hatte seinen Fotoapparat im Hotelzimmer gelassen und ärgerte sich darüber: das Leben ging weiter in diesen Behausungen unter freiem Himmel, in denen wie durch ein Wunder ein Küchenherd, ein Topf und ein Stapel Wolldecken vor einer noch stehenden Wand vorhanden waren. Die Leute lebten, so gut sie konnten, in den Trümmern ihrer Häuser oder denen anderer, die nicht wie sie das Glück gehabt hatten zu überleben. Das hatte ihn an die Bewohner prähistorischer Höhlen erinnert. Und an Pflanzen, die in Felsmulden wuchsen und sich nur an ein paar Krumen Erde klammerten. Dann gelangte er in eine wie durch ein Wunder von den Bomben verschonte Wohnung. Das Stockwerk darüber war teilweise zerstört; aber dieses nicht. Teppiche, kleine Statuen, Étienne erinnert sich an seltene Gegenstände ... eine Frau kam aus der Küche. Eine Frau mit groben Zügen, vermutlich stammte sie aus den Bergen. Ein über dem Haar verknotetes Kopftuch, eine große Schürze und ein schwarzer Rock. Die Hausangestellte. Sie brachte Tee auf einem alten Tablett im osmanischen Stil, das man an einem Ring festhält, unter dem das Tablett wie eine dreiseitige Pyramide hängt. Étienne erinnert sich so genau an die Motive, dass er sie zeichnen könnte. Ziseliertes Silber. Und das Klavier, ein noch gut gestimmter Stutzflügel.

Wie hatte er diese Erinnerung nur so lange beiseiteschieben können?

Er hatte für den alten Mann gespielt. Er befand sich in einem seltsamen Zustand. An den Wänden hingen gerahmte Fotos, manche alt, andere jüngeren Datums, lächelnde Gesichter, ausgestreckte Hände. Die Porträts einer Familie, die er nie kennenlernen würde. Er spielte auch für sie. Das hatte sich der alte Mann gewünscht. Er hatte sich bemüht, ein sauberes Spiel und die Gelenkigkeit seiner Finger wiederzufinden. Für sie alle. So als spiele er in einem Saal vor aufmerksamen, wohlwollenden Verstorbenen, all jenen, die das Leben zu früh hatten verlassen müssen. Die Hausangestellte hatte die Küchentür offen gelassen und sich auf einen Stuhl gesetzt. Sie hörte zu. Und bald hatte er auch für sie gespielt, er erinnert sich wieder. Für sie, von der er nur die flach auf die Knie gelegten Hände, den kerzengeraden Rücken und das von keiner Lampe erhellte Gesicht sehen konnte. Er weiß nicht warum, aber noch heute ist er sich sicher, dass sie weinte.

Étienne lässt sich ganz von dieser Erinnerung erfüllen. Er sieht sich wieder am frühen Morgen zum Hotel zurückkehren, geleitet von dem alten Mann, der ihn an die Hand genommen hat. Er hatte die ganze Nacht Klavier gespielt oder kochend heißen Tee getrunken. Am frühen Morgen war er auf einem Sofa eingenickt, das mit einem Stoff mit alten Motiven bezogen war. Er erinnert sich noch an diesen weichen Stoff und das wohlige Gefühl beim Einschlafen, weitab vom Horror, und an den Vornamen der Hausangestellten, die der alte Mann in sanftem Ton «Elfadine» nannte. Etwas Unwirkliches inmitten des Krieges.

Étienne setzt sich ans Klavier. Irène hatte ein bisschen gespielt, bevor sie mit Enzo in die benachbarte Stadt zum Markt gefahren war. Sie begleiten und inmitten anderer Leute laufen, das kann er nicht.
    Er ist allein im Haus.
    Er sieht den alten Mann wieder, wie er sich vor dem

Hoteleingang vorbeugt, um ihm die Hand zu küssen, ehe er sich auf den Rückweg macht. So sind sie auseinandergegangen. Der Rücken des alten Mannes war sehr bald nicht mehr im Gewühl der Stadt zu erkennen. Und er hatte da noch eine ganze Weile wie benommen gestanden, gerührt von dem flüchtigen Kuss auf seine Hand. Er hatte nicht einmal Zeit gehabt, sich bei dem alten Mann für diese Stunden weitab vom Getöse und der pausenlosen Geschäftigkeit des Krieges zu bedanken.

Er öffnet den Klavierdeckel.
Erst ein Ton, dann ein weiterer.

Nicht versuchen, irgendetwas zu spielen. Nur zuhören, wie jeder Ton in diesem Raum widerhallt. Ein Ton bleibt derselbe, wo immer er gespielt wird, aber wer weiß, ob der Klang nicht die Erinnerungen und die Gedanken derer in sich aufnimmt, die dort wohnen, die alltäglichen Gesten, die Gewohnheiten? Als ob leben zu einer Gewohnheit werden könnte. Nicht denken. Nur zuhören. Ein Ton hier und ein Ton dort unten können nicht dieselben sein. Und dennoch. Der Klavierstimmer verrichtet überall dieselbe Arbeit. Also?

Zuhören. Den Melodien, die unter seinen Fingern aus weiter Ferne wiederkommen. Den Melodien aus jener Nacht. Das Ohr erinnert sich. Die Finger erinnern sich. Die Melodien kommen wieder.

Étienne spielt.

Mit der Erinnerung an diese Melodien tauchen auch die Bilder wieder auf. Die aus jener Nacht und dann andere, nicht ganz so deutliche.

Von Männern und Frauen, denen er begegnet ist. Von Lebendigen und auch von Toten. Im Gedächtnis nehmen alle den gleichen Platz ein. Ein Gesicht ist ein Gesicht. Die Bilder sind stumm. Es bleiben nur die Gesichter, ohne das Getöse ringsumher, ohne das Geschrei. Die Musik löscht alles aus. Sie lässt in der Stille Silhouetten hervortreten.

Sich erinnern. Ertragen, was das Gedächtnis wiederkommen lässt.

Étienne spielt.

Da taucht aus einer ganz frischen Schicht eine Wand auf. Eine armselige Wand aus getrocknetem Lehm mit einem verblichenen Farbton zwischen Grau und Rosa … eine Wand, die eines Tages gestrichen worden ist … von Händen, die etwas Schönheit in das Elend bringen wollten … Alle Einzelheiten sind da. Die rissige Oberfläche, eine eingedrückte Stelle, ein Hohlraum am unteren Ende der Wand, er hatte genügend Zeit gehabt, sich zu fragen, was das sein könne.

Sein Magen zieht sich zusammen.

Weiterspielen. Jeden Riss der Wand wiedererkennen. Seine Wand. Ihm gegenüber. Tag für Tag. Dort unten. Und er sitzt auf dem Boden davor und zwingt sich, erst ein Bein, dann das andere auszustrecken, zwingt sich, erst einen Arm, dann den anderen zu heben, zwingt sich, am Leben zu bleiben. Nichts. Nichts mehr zu sein. Nichts mehr von der Welt zu wissen, von niemandem. Zwingt sich, laut zu sprechen, um die Sprache nicht zu verlernen. Anscheinend kann man sogar verlernen, wie Worte ausgesprochen werden. Vor Angst, zu einem Tier zu werden. Einem Tier, das nur noch darauf wartet, Nahrung zu bekommen und weiterhin am Leben zu bleiben. Vor Angst, nie mehr jemandem von Angesicht zu Angesicht gegenüberstehen zu können. Vor Angst, seine Seele zu verlieren, zum Nichts zu werden. Seine Wand. Ihm gegenüber. Weiterspielen. Und er, der eines Nachts mit dem Kopf gegen diese Wand geschlagen hat. Ganz allein. Wie oft? Zunächst ganz leicht, und dann immer heftiger. Nur um etwas zu spüren. Und noch mal! Das Blut. Dann hat er das Bewusstsein verloren. Und niemand, der kam. Niemand, nein, niemand.

Nicht aufhören. Spielen. Für alle, die noch immer mit dem Kopf gegen eine Wand schlagen. Er hier, in einem Land in Frieden, in einem Haus in Frieden. Nicht aufhören.

Für die Frau mit dem schwarzen Haar, die einen Moment zu ihm aufgeblickt hat. Er hätte die Straße überqueren müssen. Aber, um was zu tun?

Spielen. Für den Mann, der in sich zusammengesunken auf der Rückbank des Autos gesessen hat. Für seine kraftlose Gestalt. Für die Kinder mit den zu schwer beladenen Armen. Ich darf nicht aufhören. Spielen. Mein Gott, da trippeln sie her, ganz nah, in meinem Kopf. Spielen. Die Körper von den Tönen einhüllen lassen, die Gesichter streicheln, all die Gesten, die ich nicht habe tun können, die Worte, die ich jenen nicht habe zuflüstern können, die darauf gewartet oder auf nichts mehr gewartet haben.

Er wird zum Resonanzkörper für all das, was nicht stattgefunden hat. In Ermangelung von. Er ist zu einem Labyrinth voller Echos geworden. Die Luft durchlassen, die Musik durchlassen, nur noch zu einem armen menschlichen Durchgangsort werden.

In seinem Inneren führen langsame, mächtige Wellen, die seinen Brustkorb heben, die Bilder mit sich. Das Gedächtnis ist am Werk. Die Musik ist am Werk. Was so tief in ihm vergraben war, wird an die Luft, in den Himmel gezogen. Da ist die Kindheit da ist die Welt. Alles ist da.

Er steht auf. Er braucht das weite Meer. Einen Horizont. Damit sich die Bilder langsam entfernen und er sie mit den Augen verfolgen kann, bis sie sich in der Ferne verlieren.

Er verlässt das Haus, geht durch den Wald und lauscht dabei jeder anschwellenden, sich ausbreitenden Welle. Bis sie ganz ausgelaufen ist. Der Satz Da ist die Kindheit da ist die Welt verleiht seinen Schritten ihren Rhythmus. In seinem Kopf die Musik des Trios seiner Kindheit. Jetzt spielt er die Partitur lautlos unter freiem Himmel. Die Töne und Bilder verschmelzen miteinander, die einen von den anderen hervorgebracht, welche zuerst da waren, das weiß er nicht mehr. Er setzt sich unter einen Baum und schließt die Augen. Als er sie wieder öffnet, betrachtet er das vom Laub ziselierte Licht über sich.

Die Gerüche hier, das vertraute Licht hier. Mir sagen, dass ich gleich nach Hause gehe, dass meine Mutter und Enzo da sein werden, dass wir heute Abend gemeinsam am Tisch sitzen und über belanglose Dinge reden werden. Das Leben hier. Und ich.

Er geht nach Hause, und alles ist so, wie er es sich vorgestellt hat. Irène hat gekocht und Enzo den Wein ausgesucht. Die Mahlzeit und die sanfte, fröhliche Atmosphäre mit ihnen teilen. Hören, was die einen und die anderen zu erzählen haben. Lächeln, wenn man einen Namen, ein Gesicht wiedererkennt. Der Satz Da ist die Kindheit da ist die Welt noch immer hartnäckig in seinem Kopf. Die Worte, an die man sich anseilen kann, um nicht in den Abgrund zu stürzen. Die Worte trennen und verbinden in ein und derselben Bewegung die Kindheit und die Welt. Sich an die Worte anseilen. Nicht zur Last werden für jene, die man liebt.

Er verlässt leise den Tisch, während sich Enzo und Irène ruhig weiter unterhalten. Beim Geräusch der Stimmen kann er nicht mehr auf das lauschen, was sich in ihm einen Weg zu bahnen sucht. Er ist seit zu langer Zeit an die Stille gewöhnt. Eine Gewissheit versucht ans Licht zu kommen. Dazu muss er allein sein.

Er setzt sich in seinem neuen Zimmer an den Schreibtisch. Darauf liegt seit Jahren an derselben Stelle ein Wörterbuch. Er erinnert sich, wie er es mit acht oder zehn Jahren in sein Zimmer mitgenommen und seine Mutter es gesucht hat. Daraufhin hatte sie ihm sein erstes Wörterbuch gekauft. Nur für ihn. Aber er hatte unbedingt das andere haben wollen. Das seines Vaters. Er streichelt den abgenutzten Einband. Irène hatte das Wörterbuch wieder hierher in das unbenutzte Arbeitszimmer seines verstorbenen Vaters gelegt. Heute Abend blättert seine Hand langsam durch die Seiten. Er braucht die Stille der gedruckten Worte. Die

Gewissheit ist da. Er braucht Worte. Er, der so viele Bilder mitgebracht hat, die einem die Sprache verschlagen, braucht jetzt Worte. Um zu versuchen zu verstehen. Er hat das Bedürfnis, den Sinn an der Wurzel zu fassen. Er muss auf die Etymologie zurückgreifen, um einen Leitfaden zu finden.

Wie gerät man von der ungezähmten Natur jeder Kindheit zur Barbarei? Wann überschreitet man die Grenze zur Unmenschlichkeit? Was hat das Hirn der Menschen, die gemordet, vergewaltigt oder Massaker veranstaltet haben, in Geiselhaft genommen?

Er hat zu viele Horrorszenen gesehen. Er kann sie nicht mehr ignorieren.

Da denkt er an Jofranka. An sie, die die Wahl getroffen hat, sich ganz den Worten zu widmen, um sich dem Kampf zu stellen.

In dieser Nacht, nachdem Enzo gegangen ist und Irène sich schlafen gelegt hat, als alles im Haus ruhig geworden ist, ruft er sie an.

Sobald Jofranka Étiennes Stimme hört, weiß sie, um was er sie bitten wird. In ihrer Kindheit gab es das «du musst», und das duldete kein Hin und Her. Ihr war sofort klar, dass sie alles stehen und liegen lassen und dorthin fahren musste, in ihr Dorf. Er sagte Danke, und ihr war auf einmal seltsam eng ums Herz. Als habe die ganze Aufmerksamkeit, die sie darauf verwandt hatte, das zu hören, was er nicht sagte, sie dazu gezwungen, ganz Ohr zu sein. Sie musste wieder zu Atem kommen. Mit Étienne war das immer so. Man musste imstande sein, die Pausen zwischen seinen Worten zu hören. Das war schon so gewesen, als sie noch klein waren.

Ihr Gespräch war ab und zu von Momenten des Schweigens unterbrochen worden, die sie nicht zu überbrücken versucht hatte.

Jetzt spürt sie, dass eine Müdigkeit sie einhüllt wie damals, wenn sie von ihren langen Nachmittagen in den Wäldern zurückgekommen waren.

Sie geht ans Fenster. Ihr Appartement ist nicht groß. Nur ein paar Schritte von ihrem Schreibtisch bis zum Fenster, aber es hat eine weite Aussicht, sodass sie die ganze Stadt vor sich liegen sieht. Sie lässt den Blick schweifen, erfasst die eine oder andere Einzelheit, eine Silhouette, die sie eine Weile verfolgt, bis sich ihre Augen auf einen Koffer heften, den ein Mann in der Hand hält, als wöge er nichts. Ein Theaterkoffer.

Was hast du mir nicht gesagt, Étienne? Selbstverständlich komme ich. Das hatte ich schon geplant. Wir treffen uns wieder, alle drei, wie damals. Das wünschst du dir. Aber keine Kindheit kann die Lücke füllen. Du kannst noch so oft sagen Da ist die Kindheit da ist die Welt. Doch die Kindheit verbindet uns nicht mit der Welt, wenn das Bindeglied zerrissen ist.

Sie schließt die Augen und lässt den gedämpften Lärm der Stadt auf sich einwirken. Doch in ihren Ohren vibriert noch Étiennes Stimme, eine Stimme, die sich auf jedes Wort zu stützen scheint.

Sie denkt an die manchmal so verwirrende Sprechweise der Frauen, denen sie in ihrem Büro zuhört. Worte, die sie hervorbringen, als seien sie von wer weiß was herbeigerufen worden, und die ganz plötzlich abbrechen. Das Entsetzen. Die Stille des Chaos. Sie hat gelernt, vor allem nicht zu versuchen, Ordnung wiederherzustellen. Denn falls die Worte erneut fließen, kommen sie aus dem Chaos. So ist das nun mal. Das hat sie lernen müssen.

Ach Étienne, nein, die Kindheit und die Welt vereinigen sich nicht. Und niemand kann etwas dagegen tun. Man kann nur versuchen, dem Leben eine Chance zu geben. Trotz allem. Mit Worten. Worte sind ein dürftiges Mittel. Doch etwas anderes steht uns nicht zur Verfügung. Du hast gesagt, dass auch du sie brauchst. Aber ob mir das mit dir gelingt, das weiß ich nicht.

Sie sieht wieder, wie sie zu dritt von ihren planlosen Wanderungen in den Hügeln zurückkehrten, die beiden Jungen immer nebeneinander und sie, die vor den beiden herging. Keiner von ihnen sagte ein Wort. Sie mussten sich wieder auf das Leben im Dorf einstellen, ihre ungezähmte Welt verlassen, die einzige, in der sie Lust zu leben hatten. Sie würde wieder in die Familie zurückkehren, die sie aufgenommen hatte. Keiner der beiden Jungen hatte sich wohl vorstellen können, wie schwer das war. Sie musste sich mit André und Maryse unterhalten, dem Ehepaar, das sich um sie kümmerte. Sie musste mit ihnen fernsehen und zeigen, dass sie sich dafür interessierte. Sie wollte durchaus auch in deren Welt bleiben. Denn sie mochte sie gern. Doch all das war sehr schwierig. Sie waren schon alt, und als sie starben, hat sie sie beweint, aber trotz der Zuneigung der beiden war es ihr nicht gelungen, in ihre Welt einzudringen. In ihrem Haus hat sie als Kind gelernt, sich ganz in sich zurückzuziehen, und noch heute braucht sie das, um wieder zu sich selbst zu finden.

Das Leben spielt einem manchmal seltsame Streiche. Sie, die damals alles dafür gegeben hätte, mit den beiden Jungen zusammenzubleiben, hat heute Mühe, sich vorzustellen, sie wiederzutreffen. Mit Enzo hat sie nicht zusammenleben können. Und Étienne ...

Jofranka schlägt ihren Terminkalender auf. Schon am Tag, an dem Étiennes Rückkehr angekündigt worden war, hatte sie sich vorgenommen, sich ein paar Tage freizunehmen. Die so seltenen leeren Seiten in diesem Terminkalender waren das Ergebnis einer gewissenhaften Planung. Also, warum diese Ausflüchte? Sie wusste doch genau, dass sie hinfahren würde. Sie wendet sich wieder ihren Akten zu. Sie muss noch eine Weile arbeiten, hat aber große Mühe, sich zu konzentrieren. In Gedanken ist sie noch bei Étienne.

Sie sind wie du, Étienne, die Frauen, die hierherkommen. Der Unterschied besteht nur darin, dass ihr Schicksal ohne ihr Zutun von einem Tag auf den anderen eine dramatische Wendung genommen hat. Plötzlich haben sie sich am dunkelsten Punkt der Geschichte befunden. Sie sind mitten aus dem Leben gerissen worden. Wie du. Haben gesehen, was sie nie hätten sehen dürfen, um weiterhin ein Mensch unter Menschen bleiben zu können. Jetzt haben sie hier wieder Fuß gefasst, aber sie wissen, wozu die Menschheit fähig ist, wenn sie das andere Ufer berührt. Um überleben zu können, haben sie den Tod in ihrem Inneren erlebt. Haben hinnehmen müssen, dass irgendetwas in ihnen zum Schweigen gebracht wird und stirbt. Das ist der Preis des Überlebens. Sie tun alle das Gleiche: Sie zwingen das Leben, sich in ihnen so klein wie möglich zu machen, um sich durch das Unmenschliche hindurchzuzwängen. Der Tod hat sein Gebiet fest in den Griff genommen und nicht wieder losgelassen. Wenn sie in mein Büro kommen, muss diese Wunde aufgerissen werden, damit wieder frisches Blut fließt. Ich denke dabei immer an die Chinesinnen und ihre abgebundenen Füße. Sobald ihnen die Bandagen abgenommen wurden, die ihre Füße folterten, begann die Folter schon wieder. Das erneute Zirkulieren des Bluts tut weh. Ach Étienne, manchmal habe ich große Lust aufzugeben. Warum arbeite ich hier verbissen weiter, warum nur? Die Frauen, die mein Büro verlassen, wissen, dass sie nicht mehr genügend Atemluft zum Leben haben und dass es jederzeit mit ihnen zu Ende gehen kann. Wenn man sich dieses Wissen einmal erworben hat, kann man es nicht mehr vom Tisch wischen. Das Leben hat sich verändert. Sie werden nie wieder so sein wie zuvor. Ich habe Angst, Étienne, dass es dir genauso ergeht.

Jofranka betrachtet die Spitze ihres Zeigefingers. Die Narbe des kleinen Einschnitts ist schon seit Langem verschwunden.

Aber wir sind einander treu geblieben. Du hast gesagt Da ist die Kindheit da ist die Welt. Und wir sind einander treu geblieben.

Sie legt sich auf das schmale Bett. Hier ist nur Platz für sie allein. In Reichweite auf dem Nachttischbrett, das durch nichts an der hellen Wand gehalten zu werden scheint, ein Foto, das Étienne vor langer Zeit gemacht hat. Ein Baum. Manchmal küsst sie den Baum vor dem Schlafengehen, und das ist so, als küsse sie ihre ganze Kindheit. Sie seufzt, denkt an die Männer, die sie in den letzten Jahren geliebt hat. Jede Umarmung hat gezählt. Für jeden dieser Männer war sie da gewesen. Ganz und gar. In der Liebe ist sie immer ganz da, sie kennt diese Freude und teilt sie mit jenen, die ihr nahekommen. Aber sie bleibt nicht. Verweilen kann sie nicht. Ist man, wenn man die Küsse einer Mutter nie gekannt hat, dazu verdammt, von Arm zu Arm zu gleiten? Die alte Frage taucht wieder auf, auch wenn sie diese mit dem Wort «Küchenpsychologie!» von sich zu schieben versucht, taucht sie immer wieder auf. Sie kann niemandem einen Platz einräumen. Enzo wusste das.

Warum hat Étienne den Brief seiner Emma nicht geöffnet? Er hat ihr von Emma erzählt. Sie weiß, dass sie für ihn gezählt hat.

Was sagst du nicht, Étienne? Sind wir alle drei dazu verdammt, einsam zu bleiben, vereint, aber wie Einsiedler lebend?

In der Nacht holt Jofranka wie fast jeden Abend ihre Querflöte hervor und spielt leise.
Der Klang, den ihr eigener Atem hervorbringt, zähmt die Schatten.
Er nimmt seinen Ursprung in einem Teil ihrer selbst, den sie kaum kennt, und sie lässt sich von ihm tragen.
Ihr ganzer Körper schafft diese Musik, und daher kann sie sich ihr ganz hingeben. Sie existiert nur noch durch ihren Atemhauch. Leicht. Nach und nach verschwindet sie, bis kaum noch etwas von ihr übrig bleibt. Keine Gedanken, keine Erinnerungen, keine Träume mehr, sie hat die Augen geschlossen und lässt sich mitreißen.
Sie denkt Auf leisen Sohlen.

In weiter, sehr weiter Ferne von Jofrankas Zimmer ist eine andere Frau, die nicht schläft. Sie ist nackt, liegt neben dem Mann, der sie liebt. Reicht das aus?

Der Mann ist eingeschlafen. Sie betrachtet ihn. Sie hat es immer geliebt, wenn ein Mann neben ihr schläft. Sie lauscht dem Atem schlafender Körper. Manchmal drückt sie einen Kuss auf die Schulter oder auf den Rückenansatz des Schlafenden. Das ist ihre Art zu lieben.

Étienne war dabei immer aufgewacht. Ein Mann, der stets auf der Hut war. Daher hatte sie es nicht mehr gewagt. Und so hatte sie nachts ihre Lippen nur noch in Gedanken auf seinen Körper gedrückt, ohne ihn zu berühren. Hatte unentwegt diese Haut betrachtet, die sich an der Angst, an der Verzweiflung, am Horror gerieben hatte. Seine Haut war glatt geblieben. Doch unter der Haut führte das Blut die Bilder mit sich. Das rief Entsetzen in ihr hervor.

War sie vor diesem Entsetzen geflohen?

Der Horror ist ansteckend.

Sie hat geschrieben Étienne, ich bin feige oder vielleicht stark aufgrund des Lebens, an dem ich so sehr hänge. Du lebst nur in Intervallen. Ich nicht. Ich hätte imstande sein müssen, wie du, alles beiseitezuschieben, irgendwo in einen Winkel meines Kopfes, meines Herzens, um trotzdem weiterleben zu können. In Erwartung deiner Rückkehr. Immer in Erwartung deiner Rückkehr. Das habe ich nicht gekonnt.

Der Mann neben ihr hat sich ein wenig im Schlaf gerührt. Sie wacht mit unendlicher Zärtlichkeit über die geringsten Bewegungen des Schlafenden. Aber ihr Körper macht nicht mit. Sie kann nicht. Ihre Haut hat sich an Étiennes Haut gerieben. Davon ist sie noch nicht losgekommen. Der Mann, der neben ihr schläft, ist Franck, ihr Freund der letzten Jahre. Sie fragt sich, ob all das nicht zu einem totalen Fiasko führen wird.

Er öffnet die Augen. Grübelst du nach? Schon ist das spöttische Lächeln auf seinem Gesicht. Mit den Fingerspitzen folgt er der Rundung ihrer Schulter, lässt sie ihren Arm hinabgleiten, hält inne. Eine Haut, die nicht bebt, das spürt man. Möchtest du, dass ich uns einen Kaffee koche? Er ist schon aufgesprungen. Seit Jahren hat er gelernt, bei seinen Schülern, wie bei allen Leuten, die ihn interessieren, und besonders bei Emma, Dinge zu erkennen, die unter der Haut bleiben und zu bedrückendem Schweigen oder zu plötzlichen Wutausbrüchen führen können, wenn man nicht aufpasst. Er steigt aus dem Bett und hastet wie immer die schmale Wendeltreppe hinab. Vor sechs oder sieben Jahren hat Emma zum ersten Mal sein kleines Haus betreten. Sie hatten beide an der Lehrerkonferenz vor Beginn des neuen Schuljahrs in ihrem Gymnasium teilgenommen und sich sogleich für einander interessiert. Neuankömmlinge in einem Lehrerzimmer sind wie Erstklässler auf dem Schulhof, ein bisschen hilflos, lächelnd und ohne Kontakt zu den anderen. Er war auf sie zugekommen. Die Freundschaft zwischen Franck und Emma hatte in dem Moment begonnen, als sie gesehen hatte, wie er mit vor Humor funkelnden Augen und einem entsprechenden Lächeln schnurstracks auf sie zugegangen war. Franck ist es immer gelungen, sie zum Lachen zu bringen, sogar in den ärgsten Momenten. Alle im Lehrerzimmer sahen sie mehr oder weniger als ein Paar an, die Katalogisierung ist schnell geschehen. Sie warteten bei Schulschluss aufeinander, um gemeinsam fortzugehen, aßen manchmal unter vier Augen zu Mittag oder hielten einander einen Platz in der Kantine frei. Mehr war gar nicht nötig. Dabei waren sie nur Freunde, ein seltsames Duo, die körperliche Seite spielte dabei nicht die Rolle, die man ihr zuschrieb. Als Étienne in Emmas Leben auftauchte, traf es Franck ziemlich hart. Er hatte zwar hin und wieder davon geträumt, ein gemeinsames Leben mit ihr zu führen, aber nie gewagt, den ersten Schritt zu tun, vielleicht eines Tages, wer weiß … Es gibt dauerhafte

Freundschaften zwischen Männern und Frauen, in denen Blicke und Gedanken derart miteinander harmonieren, dass einer der beiden denken könnte Und wenn wir verliebt wären … aber … hätte eine Geste ausgereicht? Er hatte sich das soundso oft gefragt, doch dann gab er es auf, immer wieder dieselbe Geschichte in Gedanken durchzukauen. Er teilte mit Emma so viel, wie sie teilen konnten.

Seit einiger Zeit auch die körperliche Liebe. Und das bewegt ihn zutiefst.

Das Zubereiten des Kaffees am Morgen tut ihm gut. Sich an das klammern, was handgreiflich ist. Nicht versuchen, zu analysieren, was vor sich geht. Das Leben einfach nehmen, wie es kommt. Sich nicht fragen, wohin das führt. Er ist nicht mehr zwanzig. Er weiß, dass die Frage «wohin soll das führen» nicht wirklich wichtig ist. Wirklich wichtig ist nur das, was man Tag für Tag und Nacht für Nacht aus seinem Leben macht. Wege führen nirgendwohin. Sie sind nur Wege, mehr nicht. Schönes Wetter. Ein Wetter, um ans Meer zu fahren.

Étienne ist wieder da. Das ändert alles.

Als Emma sich vor ein paar Wochen mitten am Nachmittag bei ihm zu Hause nackt ausgezogen hat, konnte er es zunächst nicht glauben. Um ein Haar hätte er sie beide mit einem scherzhaften Wort aus dieser Situation befreit. Aber dann hatte ihn eine solche Rührung ergriffen, dass er wie versteinert war. Sie war auf ihn zugegangen und hatte ihm die Arme um den Hals geschlungen. Der Kontakt mit Emmas Haut löste einen Orkan in ihm aus. Das wilde Fauchen des Bluts. Das dröhnende Hämmern in den Schläfen. Und plötzlich legt sich seine Hand auf Emmas Rücken. Mehr nicht. Emmas Körper in seinen Armen, das ist alles. Da hat er ermessen, wie sehr er darauf gewartet hatte. Den ersten Schritt hat sie getan. Er hatte nur die Zeit gehabt, sich zu sagen Jetzt wird's ernst, ehe er sich ganz von der riesigen Welle mitreißen ließ, die in sein Leben, in sein ganzes Sein einbrach. Dann hat er sie voller Leidenschaft genommen. Das hatte sie sich gewünscht. Aber eben sie.

Und seither tut er es immer wieder. Aber wie lange wird er das können?

Franck hat das Fenster weit geöffnet. Fragen wie das «wie lange noch» sind genauso wie das «wohin soll das führen» ... er ist jetzt in sie verliebt, ja, wie verrückt, das spürt er ganz deutlich. Und wenn sie ihm ihren Körper, ihre Haut, ihren Geruch wieder entziehen sollte ... Er lässt den Kopf in den Nacken sinken, sucht mit den Augen den Himmel ab Ach Étienne, was hast du dieser Frau bloß angetan, ich spüre genau, dass sie noch immer mit dir zusammen ist und an dieser Geschichte hängt, in der du bei jeder Abreise alles kaputt gemacht hast. Wie oft habe ich sie getröstet, damit sie ein wenig besänftigt wieder zu dir zurückkehren konnte. Du machst mich wahnsinnig, Étienne, mit deinem Heroismus. Die Rückkehr des Helden. Du machst mich echt wahnsinnig. Das würde ich dir gern ins Gesicht sagen, aber das Schlimmste daran ist, das kann ich einfach nicht. Denn auch ich finde, dass das, was du getan hast, «bewundernswert» ist. Das versteht sich von selbst. Aber ganz und gar nicht bewundernswert ist die Art und Weise, in der du Emma sich in eine Geschichte hast verstricken lassen, in der sie zwangsläufig leiden musste und sich nur ab und zu wie verrückt freuen durfte. Ja, ich habe sie gesehen, an den Tagen, an denen du zurückgekehrt bist, ungeduldig, schön, zum Verrecken schön, weil ihr ganzes Verlangen nach dir sie unglaublich begehrenswert werden ließ. Scheißdreck. Und dann wieder leiden. Und zwar immer stärker. He, du alter Held, hast du denn nicht gesehen, dass Emma fast daran zugrunde gegangen ist? Was haben deine Augen bloß wahrgenommen, abgesehen von deinen Fotos?

Emmas Stimme ertönt in seinem Rücken Woran denkst du? Sie ist die Treppe hinabgekommen, ohne dass er es gehört hat. Er streckt die Hand aus, ohne sich umzuwenden. Sie legt ihre Hand in die seine. Spürt sie die helle Wut, die ihn erfüllt?

Ich habe Étienne geschrieben.

Das versetzt ihm einen Schlag in die Magengrube.

Er lässt ein wenig Zeit vergehen und hört sich dann selbst fragen Hast du ihm gesagt, was uns betrifft?

Nein. Ich habe ihm nur gesagt, was mich betrifft. All das, was ich nicht geschafft habe, ihm zu sagen, bevor er abgereist ist ...

Und was erwartest du dir davon?

Was meinst du damit?

Na ja, wenn man jemandem schreibt, dann erwartet man doch zumindest eine Reaktion, oder?

Sie verstummt, drückt ihre Wange an seinen Rücken, Nein, ich erwarte nichts ... Ich hatte nur das Bedürfnis, ihm das zu sagen ...

Er hört, wie er darauf beharrt, und verflucht sogleich diese Beharrlichkeit Wenn man einen Brief abschickt, erwartet man doch immer eine Antwort, oder?

Franck weiß nicht einmal mehr, ob sein Herz noch klopft. Jetzt erwartet er eine Antwort, denn, wenn man eine Frage stellt ... er befindet sich in der Schwebe, balanciert am Rande eines Abgrunds. Es gibt Momente, in denen man keinen Rückzieher mehr machen kann. Man hat etwas gesagt. Es ist zu spät. Die Gefahr ist im Anzug.

Emma zwingt ihn, sich umzuwenden. Er blickt über sie hinweg, in die Ferne.

Ich weiß nicht, Franck. Sie legt den Kopf an seine Brust. Sie denkt an den Tag zurück, an dem sie gewagt hat, mit Étienne zu sprechen, denkt an seine Arme, die sie an jenem Tag im Stich gelassen haben. Wird auch er die Arme sinken lassen, weil sie wagt, etwas zu sagen?

Francks Arme drücken sie direkt über den Schulterblättern an sich.

Er flüstert Du weißt es nicht, also … dann lass uns nicht versuchen, es herauszufinden …

Sie drückt die Lippen auf seine Brust, ohne sich zu rühren.

Okay. Heute ist ein Wetter, um ans Meer zu fahren, oder?

Sie drückt ihn noch fester an sich. Ja.

In Irènes Haus herrscht Stille. Étienne unternimmt wieder eine seiner täglichen Wanderungen. Sie hat gesehen, wie er die Wasserflasche, Brot und Käse eingesteckt hat. Er hat sein Notizheft mitgenommen, ohne das er nie mehr aus dem Haus geht. Es soll eine lange Wanderung werden. Heute Morgen hat sie sich über seine schnellen, präzisen Handbewegungen gewundert. Die ganze wiedergefundene Lebendigkeit. Dieses emsige Verhalten hat sie wiedererkannt. Ob für eine lange Wanderung oder nicht, die Freude, seine Tasche zu packen und fortzugehen, ist dieselbe. Die erkennt sie sofort wieder, obwohl sie selbst das Dorf nie verlassen hat.

Das lässt sie an eine längst vergangene Zeit zurückdenken, in der sie, ohne die Hände rühren zu können, andere Vorbereitungen mitansehen musste. Louis wollte keine Hilfe. Wie sehr hatte sie die freudige Fieberhaftigkeit all seiner Bewegungen gehasst. Ihr schnürte es das Herz zusammen, während das seine weit wurde. Zu spüren, wie froh jemand darüber war, sie zu verlassen, das hatte sie erlebt, ja, und noch dazu hatte sie sich über ihre eigene Wut geärgert, die sie lähmte. Seine Tasche zu nehmen, sie vor seinen Augen zu leeren und ein für alle Mal zu schreien, sie habe es satt. Das hatte sie nie gewagt. Hätte das den Tod abgewendet?

Heute kann sie sich sehr gut vorstellen, wie sich ihr Sohn auf seine Reisen in ferne Länder vorbereitete. Auch er verliert keine Zeit mit unnützen Dingen.

Wenn er hier etwas zu essen mitnimmt, weiß sie, dass es überflüssig ist, ihn zu fragen, wann er zurückkommt. Enzo würde sie benachrichtigen, falls er den Abend oder die Nacht bei ihm verbringt. Enzo gehört wie sie zu jenem Schlag von Menschen, die dableiben.

Die alte Frau braucht ihren Garten, um wieder freier zu atmen. Die Emotionen einer jungen Frau im Herzen einer alten, das ist ein zu enges Korsett. Sie beugt sich über die Rosen, bemüht sich, keine inneren Bilder aufsteigen zu lassen. Sich mit den empfindlichen Blütenblättern, dieser so seltenen milchigen, blassgrün geäderten Farbe begnügen. Ihr bevorzugter Rosenstrauch. Langsam atmen, die zarten Düfte spüren, die Welt allmählich von Neuem auf sich zukommen lassen. Sie betrachtet den Himmel und die Baumwipfel dahinten in der Ferne, wo Étienne wandert … kann er vergessen? … auch sie ist bis zur Erschöpfung über die Hügel gelaufen, als sie erfahren hatte, dass Louis nie zurückkehren würde. Manchmal hat sie sich die andere Frau vorgestellt, die ihn auch in den Armen gehalten und den Brief über das Warten geschrieben hat. Es war eine merkwürdige Methode, um ihn nicht zu vergessen. Denn sie hatte Angst, ihn zu vergessen. Hatte das Bedürfnis, allein zu sein, wenn sie spürte, dass ihr ganzer Körper ihn verlor. Und seltsamerweise gab der Gedanke an die andere Frau ihn ihr wieder. Nie auf die Erinnerung zu verzichten bedeutete, ihn lebendig bleiben zu lassen. Sie wanderte wie eine Verrückte, allein. Kämpfte gegen sich selbst, das Vergessen, das Leben. Die alte Frau erinnert sich.

Andere Bilder zurückdrängen, in weite Ferne.

Die eines Mannes, der mehrere Monate lang auf sie gewartet hatte und zu dem sie nicht hatte finden können. Dabei hatte sie sich von ihm umarmen lassen, wenn er vor ihr in den Hügeln aufgetaucht war. Er war kein Unbekannter. Beim ersten Mal, als er wortlos die Arme ausgebreitet hatte, hatte sie lange gezögert. Sie kannten sich schon so lange. Sie wusste von seinem Begehren. Aber jetzt musste sie herausfinden, wie es mit dem ihren aussah. Wie lange hat er so mit ausgebreiteten Armen da gestanden? Sie weiß nicht mehr, wie sie auf ihn zugegangen ist, erst einen Schritt, dann noch einen, bis er sie in die Arme geschlossen hat. Und wie lange sie so eng umschlungen stehen geblieben sind, während sie hörte, wie ihr Blut heftig gegen ihre Brust klopfte, bis sie nichts anderes mehr wahrnahm als diesen Mann, seinen Geruch und die Wärme seines Körpers, aber das

Gedächtnis verliert nichts. Mit den Händen in der Erde sinnt sie nach. Hätte das ihr Leben verändert?

Sie hat die Einsamkeit ganz langsam in den Griff bekommen. Étiennes Rückkehr bringt alles durcheinander. So ist das nun mal. Man glaubt, endlich Ruhe gefunden zu haben, aber das Leben ist erfindungsreich. Es stellt mit einem Schlag unsere ganze friedliche kleine Welt auf den Kopf. Und dann muss man reagieren.

Irène setzt sich auf die Holzbank, die sie nicht neu streichen will, sie liebt sie in diesem Zustand, halb abgebeizt und stellenweise noch mit Resten der alten grünen Farbe. Louis hatte ihr gesagt, sie stamme von einer Insel im Atlantik, er hänge an ihr, würde sie neu streichen. Er hatte nie die Zeit dazu gefunden. Sie fühlt sich wie diese Bank. Auch sie verliert allmählich ihre ursprüngliche Farbe, und keine Hand wird je daran etwas ändern.

Ein Teil ihrer selbst weigert sich zu reagieren, das hat sie immer gewusst, ohne wirklich wissen zu wollen, woraus er besteht. Ein abgeriegelter Teil. Und diesen Teil hat Étiennes Rückkehr aufgestört. Das Schweigen ihres Sohns, die Erinnerungen an seine Gefangenschaft, dieser Teil seines Wesens, den keine Befreiung zurückgeben kann, übt eine unaufhaltbare Macht auf sie aus. Sie spürt die Gefahr. Geht es Enzo genauso?

Die Umwälzung ist am Werk. Aus den Tiefen dieses alten Teils hört sie ein paar dumpfe Schläge. Diese Schläge erinnern sie an die Flügel des Sperbers, und da überkommt sie die Angst.

Wenn Louis abgereist war, bestand stets die größte Schwierigkeit für sie darin zu sprechen. Als habe dieser Mann ihre ganze Fähigkeit, sich zu unterhalten, mit davongetragen.

Mit dem anderen Mann, der sie danach in die Arme zu nehmen verstanden hatte, redete sie nicht, und das war erholsam. Aber er wollte sie ganz für sich. Er war nicht wie Louis. Louis hatte nie versucht, sich auf den abenteuerlichen Weg zu ihrem Herzen einzulassen. Sein Abenteuer war nicht sie, sondern die hohe See gewesen. Er hatte einen Teil von ihr unberührt gelassen.

Der Mann, der sie ganz für sich haben wollte, biss sich an diesem verriegelten Teil die Zähne aus, und das machte ihn rasend. Er wollte wirklich ihr Herz. Sie hatte ihn warten und warten lassen. Er wollte sie bei sich zu Hause glücklich und lebendig sehen. Doch der verriegelte Teil in ihr zog es vor, die Trauerzeit noch nicht zu beenden. Eines Tages war er nicht mehr auf die Hügel gekommen. Sie begegnete ihm erneut auf der Straße im Dorf. Wie vor ihren Verabredungen im Wald. Er wandte den Blick ab, und sie fragte sich, ob all das wirklich stattgefunden hatte.

Der Tod hat auch das Schweigen dieses Mannes dahingerafft. Und damit auch die Frage: Hätte sie ihn mit der Zeit bis an ihr Herz herankommen lassen?

Irène schüttelt den Kopf. Der Garten ist ihr heute nicht sehr hilfreich. Sie pflückt einen Strauß Rosen und geht ins Haus. Sobald die Blumen in ihrer Lieblingsvase im Wasser stehen, setzt sie sich ans Klavier. Hat sie wirklich zweimal geliebt?

Étienne stößt in seiner Tasche auf Emmas Brief. Er hat ihn also doch nicht weggeworfen ... er bewahrt ihn sich für die Nacht auf.

Es gibt Dinge, die man nur nachts angehen kann.

Heute ist der Tag zwischen zwei Stimmen.
Er geht von einer Stimme zur anderen.

Noch lange nachdem Jofranka das letzte Wort gesagt hatte, war er im ehemaligen Arbeitszimmer seines Vaters auf dem grünen, mit Samt bezogenen Sofa regungslos verharrt und hatte keinen Schlaf gefunden. Als die Stille im ganzen Haus allmählich in ihn gedrungen war, war er in den Garten gegangen. Auf der Erde liegend hatte er die Geräusche der Nacht mit Jofrankas Stimme verschmelzen lassen. Er hatte sie sich vorstellen können, wie sie allein in der fernen Stadt Querflöte spielte. Sah wieder ganz genau, wie sie die Flöte mit einer raschen Bewegung aus dem Etui nahm, als könne sie es nicht mehr abwarten, Musik zu machen. Und dann hatte er in Gedanken wieder die Partitur ihres Trios gespielt.

Es gibt Nächte, in denen sich etwas in Bewegung

setzt, für dessen Lösung keine Kindheit den Schlüssel liefert.

Er hatte an seine Mutter gedacht, die im Haus, ganz in der Nähe, schlief. Und plötzlich war es ihm wie eine Gewissheit vor Augen getreten, dass nicht einmal sie jetzt noch etwas für ihn tun konnte. Er musste von nun an seinen Weg wieder allein gehen.

Er ist gewandert. Pausenlos.
Um zu spüren, dass die Körpermechanik inzwischen viel besser funktioniert als bei seiner Ankunft. Wie viele Tage sind vergangen, seit er mit verbundenen Augen in dieses Flugzeug gestiegen ist? Die großen Schritte des unermüdlichen Wanderers wiederfinden. Tief durchatmen. All das in sich aufnehmen, was die Bäume ihm geben können, die Gerüche, das beruhigende Gefühl rauer Rinde unter der Handfläche, den Anblick des vom Laub abgeschirmten Himmels und der langsam dahinziehenden Wolken jenseits der Äste. Eine Welt ohne Gedanken.

Die vergangene Nacht sitzt ihm noch in den Knochen.
Auf dem Boden ausgestreckt, hatte er den dunklen Himmel betrachtet und gespürt, wie die Welt nach hinten glitt.

Es gibt Nächte, in denen sich der gesamte Raum der Erinnerung entfaltet.

Die Gebiete sind unversperrt.

Dem war er in der ganzen Zeit seiner Gefangenschaft aus dem Weg gegangen. Er hatte sich in weiter Ferne von sich selbst aufgehalten. Einen Teil des Lebens stillgelegt. Außer Kraft gesetzt. Die Gefangenschaft hebt Furchen aus. Bis wohin? Jetzt weiß er, dass er Angst davor gehabt hat. Die Wand ihm gegenüber, die vor langer Zeit von den Händen anderer Männer oder Frauen gestrichen worden war, konnte ihn letztlich nur mit einer dunklen, unaussprechlichen Frage konfrontieren, die er seit jeher von sich geschoben hatte. Verrückt zu werden heißt, die Wand, die einem gegenübersteht, verfallen zu lassen, um endlich zu erfahren, wie die Frage lautet. Trägt jeder von uns die einzig relevante Frage in sich, die dem Leben eine Lösung anzubieten hat? In der ganzen Zeit seiner Abkapselung hatte er sich dagegen gewehrt. Er hatte jeden Stein der Erinnerung fest abgestützt. Die Wand ihm gegenüber war sein Gefängnis und sein Schutz gewesen.

In der letzten Nacht, als er mit dem Rücken auf der Erde gelegen hatte, war die Wand eingestürzt.

Jetzt sitzt er mit dem Rücken an die Rinde eines hohen Baums gelehnt und senkt die Augenlider. Die Sonne sinkt bereits dem Horizont entgegen. Er spürt, wie das sanfte Licht aus dem Westen ihn einhüllt. Er liebt die Momente in diesem Licht. Er erinnert sich an einen Abend vor langer Zeit mit seinem Vater bei solchem Licht am Meer. Wie alt mochte er damals gewesen sein? Seine Hand ruhte in der seines Vaters, und unter seinen nackten Füßen ganz weicher Sand, der hinabrieselte, als sie die Düne hinaufgingen, und die beiden miteinander verbundenen Empfindungen. Dieser Eindruck von Sanftheit, der nichts mit dem des sengend heißen Wüstensands gemein hat, der für ihn untrennbar mit Geschrei, Getöse und Tod verbunden ist.

Ach, nur nicht mehr kämpfen.

Heute Morgen hat er die freudige Fieberhaftigkeit seiner Bewegungen beim Packen der Tasche wiedergefunden. Aber diesmal ist er nicht zu einer Reise ans andere Ende der Welt aufgebrochen, nein. Das andere Ende der Welt befindet sich in seinem Brustkorb, und sein einziger Auftrag erwartet ihn hier.

Ihm kommt wieder ein Satz in den Sinn, den er wer weiß wo gelesen hat «Es ist die Zeit des roten Schnees» ... die Zeit des Bluts, das jede Parzelle des Gedächtnisses rot färbt.

Die Fantasie gibt nach. Bleiben nur die in den Tiefen vergrabenen Bilder, die kein Fotoapparat je festgehalten hat.

Er lässt den Humusduft des Waldes vom Wind herbeitragen.

Jetzt sieht er es wieder.

Das Gesicht seines Vaters und in dem auf ihn gerichteten Blick etwas von unendlicher Trauer. Und er weiß, dass dieser Blick ihn niemals verlassen hat. Niemals.

Die schmächtige Gestalt seiner Mutter, nach der er aus dem Fenster seines Schlafzimmers Ausschau hält. Er ist sieben oder acht. Sie kommt von einem ihrer langen Spaziergänge über die Hügel zurück. Ihr Gesicht ist ihm fremd, als sie zurückkommt. Als sie eines Tages länger als sonst weggeblieben ist, bemerkt er, dass die Knie seiner Mutter mit Erde beschmutzt sind. Sie folgt dem Blick des Kindes, wischt die Erde mit einer raschen Bewegung ab, und die dunklen Körnchen fallen auf die Türschwelle. Auch im Haar hat sie Erde und Kiefernnadeln, die sie nicht sieht. Die Erinnerung kennt keine Uhren und keine Zeit. Étienne ist wieder sieben oder acht. Und da tut er mit geschlossenen Augen etwas, das er nie zu tun gewagt hat. Er stellt sich vor, wie er jedes Körnchen, das von den Knien seiner Mutter hinabgefallen ist, aufsammelt. Es ist die schwarze Erde, die man unter Kiefernnadeln findet. Die schwarze Erde klebt an der Haut, und er weiß, dass seine Mutter vor keinem Gott niederkniet. Er blickt zur Stirn seiner Mutter auf und sieht eine Unbekannte.

Muss man hinnehmen, dass es keinen Zufluchtsort gibt?

Étienne wehrt sich nicht mehr. Er sieht wieder.
Den Kuss, den Enzo Jofranka gibt.
Bei Einbruch der Dunkelheit im selben Licht aus dem Westen. Die beiden sind unter dem Baum, unter dem auch er jetzt sitzt. Dem Baum des Pakts. Sie warten auf ihn. Nein, sie warten nicht mehr auf ihn, sie küssen sich, und sein Herz versteinert sich mit einem Mal in seiner Brust. Er ist dreizehn. Er sieht das Ende dessen, was ihm alles bedeutet hat. Er ist allein. Wie jeder, der sieht, wie sich zwei Menschen küssen. An jenem Tag hat er sich gewünscht, am anderen Ende der Welt zu sein. Die beiden nicht mehr wiederzusehen, nie wieder. Sein ganzes Vertrauen wie herausgerissen. Mit den Wurzeln an der Luft. Kurzatmigkeit. Und eine wilde Gier nach Gewalt tief in seinem Inneren.
Das hat ihm Angst eingejagt.
Seither hat ihn diese Angst vor seiner Gier nach Gewalt nie verlassen.

Jetzt kann die Nacht anbrechen.

Es gibt Momente, in denen man plötzlich seine ganze Geschichte begreift, seine ganze wacklige Geschichte. Mit einem Schlag kommt die Struktur dessen ans Licht, was uns zu dem gemacht hat, der wir sind. Keinerlei Transzendenz erhebt uns. Man ermisst nur, dass man ganz in seiner Geschichte enthalten ist. Das ist alles. Man ist nicht unbedingt bereit, diese Erkenntnis anzuerkennen. Aber sie setzt sich durch, getragen von den dunklen Tagen. Von der demütigen Überlegung, der wir uns im Verlauf der Jahre unterworfen haben. Wir gutwillige Wesen. Aber gutwillige Wesen finden keinen Frieden auf Erden, wenn sie von Erleuchtungen geblendet werden. Dann müssen sie erneut die Lider senken vor dem Licht. Denn sonst ...

Damit muss man eben leben, wie man so demütig sagt.

Damit, also mit etwas und nicht etwa dank dessen. Damit, das ist alles. Unsere Geschichte ist wie ein umherirrender Hund, der uns ein paar Schritte begleitet, ehe er wieder ins Dunkel des Umherirrens zurückkehrt. Man hat kaum Zeit gehabt zu spüren, dass man begleitet worden ist. Und schon ist man wieder allein. Und geht weiter.

Étienne weiß, dass er nie aufgehört hat umherzuirren.

Die Entführung und die Gefangenschaft haben ihn vor diese Wand geführt. Heute Nacht ist die Wand eingestürzt.

Étienne sieht wieder.

Die Augen der Kämpfer, die ihn bewacht haben.

Den Glanz in den Pupillen derer, die an ihre Sache glauben und unerschrocken ihr Leben und das anderer Menschen opfern.

Den überdrüssigen Blick des Mannes im Flugzeug. Wo ist er heute? Tot oder lebendig? Und erneut die Frage: Haben er und dieser Mann etwas gemein?

Étienne steht auf. Ehe er wieder ins Dorf hinabgeht, streicht er langsam mit der Hand über den Baumstamm.

Kein Pakt hält.

In dieser Nacht liest er Emmas Brief, den seine Finger in der Hosentasche zerknittert haben.

Emmas Worte geben keinerlei Aufschluss.

Sie schreibt für sich selbst. Nicht an ihn.

Die Welten öffnen sich nicht. Auch wenn sie den Namen und die Adresse sorgsam auf den Briefumschlag geschrieben hat, öffnen sich die Welten nicht. Dabei hatte er geglaubt, mit ihr sei das möglich. Die furchtbaren Worte, die Emma vor seiner Brust geflüstert hat, haben alles weggefegt. Sie hat ihm das grässliche Warten vorgeworfen. Er hätte am liebsten geschrien Ich will nicht jemand sein, auf den man wartet, nie im Leben, hörst du! Doch das hatte er nicht gekonnt. Sie konnte das nicht verstehen, und er hatte sie nicht länger in den Armen halten können. So erwartet zu werden hieß, zu einem Gespenst zu werden. Schon tot zu sein. Wie soll man das jemandem erklären, der einen liebt?

Nein, Emma kann noch so viele Erklärungen abgeben, ihre Worte geben keinen Aufschluss.

Er hat das Bedürfnis, seine Stirn an die Nacht zu lehnen.

Da kommt ihm ein Gebet in den Sinn. Dabei hat er nie wirklich gebetet. Seine Mutter hat ihn mit einem harten Achselzucken von jeder Kirche ferngehalten. Die Tochter einer Ahnenreihe von Pfaffenhassern, wie sie schon immer lachend gesagt hatte. Er hatte den flüchtigen Elan empfunden, der alle, die sich inmitten von Gefechten befinden, irgendwann überkommt, wenn einen plötzlich nichts mehr retten kann bis auf die Gnade des Himmels, ein Stern oder was auch immer, und man sich unbedingt an etwas klammern muss. Ja, in solchen Momenten ist oft denen, die um ihr Leben fürchten, ein Gebet über die Lippen gekommen. Der Name Gottes vermischt mit dem Getöse der Kugeln oder der niedergehenden Granaten, mit dem Geschrei und der Leere im Kopf. Eine seltsame Anrufung.

Heute Nacht ist die Sache anders. Worte kommen hervor. Demütige Worte eines Mannes, der weiß, dass er ein Mensch und Bruder aller Menschen ist, wer immer sie sind und wie monströs sie auch sein mögen. Es sind auch Worte für den Mann mit dem überdrüssigen Gesichtsausdruck unter seiner Sturmhaube und für alle, die fanatisch an etwas glauben und nicht zögern, andere umzubringen. Worte für alle, die in dieser Nacht schreien und die er nicht hört, weil er das Glück hat, hier zu sein, beschützt zu sein, Worte für seine Kameraden, die noch in Gefangenschaft oder vielleicht schon tot sind, Worte für jene, die gefoltert werden und jene, die sie foltern. In dieser Nacht ist er wieder ein Bestandteil der Welt, jener Welt, die nach Aas stinkt, in der aber trotz allem die Liebe, zart, aber beharrlich, in manch unbekannter Brust pulsiert.

Und er weint.

Muss er dorthin zurückkehren? Ist das etwa sein Leben? Muss er weiterhin Zeugnis ablegen, immer wieder, selbst wenn er mit seinen Bildern wie ein Mahner in der Wüste dasteht und eines Tages dort wie ein Hund verreckt, allein inmitten von Leuten, die eine Sprache sprechen, die er nicht versteht? Er ist ein Bestandteil der real existierenden Welt, nicht der erträumten Welt jener, die an Revolution und heilbringende Kriege glauben. Nein, er hat begriffen, dass die Kämpfer immer nur Objekte sind. So wie er ein Tauschobjekt gewesen ist. Das ist jetzt unauslöschlich. Tief in sein Inneres tätowiert. In Kriegen ist niemandes Leben heilig. Man wird immer von der Anzahl der Todesopfer sprechen. Aber solange man nicht ihre Gesichter gesehen hat, weiß man nichts.

Und dafür ist er da.

Er wird weiterhin die Gesichter betrachten.

Nur so hat das Leben einen Sinn.

Heute Nacht hört Étienne auf zu kämpfen.

Die Worte, die ihm über die Lippen kommen, sind einfach. Es sind die Worte eines Mannes, der weiß, dass er ohne die anderen, alle anderen, nichts ist. Und so entsteht ein seltsames Gebet:

Ihr alle, ob vom anderen Ende der Welt oder von hier, ihr alle, die ihr mich zu dem gemacht habt, der ich bin, gebt mir nur die Kraft weiterzumachen.

Im Morgengrauen derselben Nacht wird ein alter Mann in einem anderen Teil der Welt aus seinem Bett gerissen. Er hat kaum Zeit, «Elfadine» zu rufen, bevor die Tür zu seiner Wohnung mit wildem Geschrei eingetreten wird. Man zerrt ihn in die Mitte des Wohnzimmers. Man zerschlägt das dünne Glas, das die geliebten Gesichter in den Rahmen schützte, man zertrümmert. Die kleinen Statuen, die Bilder, die Teppiche, nichts widersteht dem Wüten. Der alte Mann fällt auf die Knie. Jetzt machen sie sich über das Klavier her. Mit Beilhieben, mit Kolbenschlägen. Das Klavier bringt dumpfe Töne hervor. Als sich der alte Mann die Ohren zuhält, wird ihm von einem Kolbenschlag in den Nacken schwarz vor Augen. Er gibt keinen Laut von sich, während er zusammenbricht.

Dann ziehen sie wieder ab. Die Hausangestellte, die sich beim ersten Schrei des Mannes versteckt hat, taucht auf. Sie hilft ihm, sanft den Kopf aufzurichten. Sie haben ihn wohl für tot gehalten, aber sein Brustkorb hebt und senkt sich noch langsam. Er flüstert noch einmal «Elfadine». Er hat den verstörten Blick von Überlebenden einer Katastrophe. Doch hier war es weder ein Tsunami noch ein Erdbeben. Nur der Hass der Menschen.

Sie sammelt ein paar Fotos auf, die dem Unheil entgangen sind, zertretene, wie von tiefen Narben geprägte Gesichter, und stützt ihn, um ihm bei der Flucht zu helfen. Wohin?

Im Morgengrauen derselben Nacht betrachtet Enzo den Himmel. Heute will er fliegen. Hoch. Weit. Er hat die ganze Nacht das Bedürfnis empfunden aufzubrechen.

Du bist aufgebrochen, um die Welt zu sehen, Étienne. Wir haben beide eine Reise unternommen, du auf deine, ich auf meine Weise. Ich habe die Senkrechte gewählt, mit Luftlöchern und Fallwinden. Du die Horizontale, von einem Ende der Welt ans andere. Heute frage ich mich, was unser Wunsch, wegzugehen, zu bedeuten hatte. Sowohl für dich wie für mich. Wenn du hierher zurückkehrst und dein Blick sich verliert, frage ich mich, was wir immer zu erreichen versucht haben, ich, in immer höherem Flug, und du, in immer weiterer Ferne. Ich habe genügend Zeit gehabt, darüber nachzudenken, während ich auf dich gewartet habe. Über deine Abkapselung. Die meine.

In Enzos Kopf bilden sich die Worte von allein. Er hat sein Cello hervorgeholt. Spielt langsam. Er hofft, dass Étienne, dort in Irènes Haus, ungestört Schlaf findet.

Dann denkt er an Jofranka. Er sieht sie wieder als Kind, wie sie vor ihnen herläuft, immer vor ihnen beiden, während sie reden, Jofranka betrachten, weiterreden und dann verstummen. Immer diese Stille, bevor sie das Dorf betreten. Sich trennen. Er hat versucht, sich Jofrankas Leben in dem Haus vorzustellen, in dem man sie aufgenommen hat. Sie hat nie darüber gesprochen. Selbst später, als sie ein Liebespaar waren, hat sie ihm nichts davon erzählt. Er weiß nur, dass sie sie beide darum beneidete, ein eigenes Zimmer zu haben, ganz für sich allein. Heute hat sie das ihre. Er hat zugesehen, wie sie hier schlief, in ihrem gemeinsamen Schlafzimmer. Das einzige Bild, das er schlafend von ihr hat. Und nur in seinem Gedächtnis. Seither hat er nie den Versuch gemacht, sie sich vorzustellen. Wie sie anderswo schläft, in Paris, Den Haag oder sonst wo auf der Welt, in der sie so viel herumreist, das liegt ihm fern, und er weiß, dass ihn die Unfähigkeit, sie sich vorzustellen, rettet.

Die Worte schweben frei durch seinen Kopf. Er spielt sie leise.

Schlaft, schlaft noch etwas, es ist noch früh, ich wache. Für jeden von euch. Für unsere Kindheit. Für die verborgene Seite in uns, die wir nie erreichen. Für unsere in Geiselhaft genommene Seite.

In einem kleinen Zimmer in Den Haag ist ein behelfsmäßiges Bett neben einem Kinderbett aufgestellt worden. Das Arztehepaar, das jene aufnimmt, die bereit sind, eine Zeugenaussage zu machen, ist Mitglied einer Vereinigung, mit der Jofranka die Zusammenarbeit schätzt.

Eine Frau, die aus einem fernen, verwüsteten Land stammt, lauscht dem Atem der kleinen schlafenden Tochter der Familie. Sie versucht, ihren eigenen Atem dem des Kindes anzupassen, um Ruhe zu finden, aber es gelingt ihr nicht. Sie denkt wieder an die Zeit zurück, in der sie alle im selben Raum schliefen, alle Kinder. Sie liebte die leichten Atemgeräusche. Die Mutter und der Vater schliefen auf einer Matratze im Nebenzimmer. Tagsüber wurde das Zimmer wieder zum Gemeinschaftsraum, in dem sie aßen oder mit der Mutter ein paar tägliche Arbeiten erledigten. Die Matratze wurde aufgerichtet, gegen die Wand gelehnt und mit einem Stoff bedeckt, dessen Farben sie gern betrachtete. Manchmal streichelte sie die grellen Farben, und ihre Mutter rügte sie. Heute Nacht liegen ihre Hände flach auf ihrem Bauch. Auch sie hatte ein Kind erwartet. Die Schläge, die sie erhalten hatte, und das Übrige, alles Übrige, alles, was sie der Rechtsanwältin erzählt hat, die ihr in einem Büro dieser unbekannten Stadt zuhörte, all das hat das Leben besiegt, das in ihr heranzuwachsen versucht hatte. Sie vergießt keine Tränen mehr. Sie hat dieser Frau alles gesagt. Die Erniedrigungen, die grundlosen Folterungen. Nur weil sich die Milizsoldaten alles erlauben konnten. Alles. Sie hatten sie gefangen genommen und zusammen mit anderen eingesperrt. Ihre kleine Schwester und ihre Mutter sind vor ihren Augen gestorben. Ihr kleiner aufsässiger Bruder ist fern von ihr gefoltert worden und mutterseelenallein gestorben. Sie ist mit dem Leben davongekommen. Warum? Diese furchtbare Frage hält sie manchmal ganze Nächte lang wach. Warum hat sie überlebt?

Die Rechtsanwältin hat ihr geraten, nicht darüber nachzugrübeln, es gebe keinen Grund. Im Krieg und bei Gräueltaten gibt es keinen Grund.

Aber wie soll sie danach weiterleben? Ohne Antwort, wie? Die Rechtsanwältin hat ihr gesagt, zu reden, mutig gegen die auszusagen, die diese barbarischen Verbrechen begangen haben, sei wichtig für andere, aber auch für sie. Die Rechtsanwältin hatte den Blick jener, die alles hören und niemandem etwas vorgaukeln. Der Arzt, der sie behandelt hat, als sie die Freiheit wiederfand, hatte den gleichen Blick. Fortan verlässt sie sich nur noch auf solche Blicke.

Sie hat alle Einzelheiten ihres Leidenswegs erzählt. Bis auf diese. Die Hand auf dem Bauch. Ihr Geheimnis. Auf diese Art hält sie dem Kind, das nicht auf die Welt hat kommen können, einen Platz frei. Immerhin.

Im Hotel am Meer hat das Morgengrauen einen Mann geweckt. Er liegt neben der Frau, die er liebt. Emma schläft noch friedlich. Franck zerbricht sich den Kopf über den Inhalt des Briefes, den sie Étienne geschrieben hat. Er schiebt mit aller Kraft die furchtbaren Gedanken von sich, die ihn quälen. Heute Nacht hat sie zum ersten Mal die Initiative ergriffen. Seit sie ein Liebespaar sind, hat er sie immer an sich gezogen, gestreichelt. Hat sie heute Nacht gespürt, dass er nicht mehr die Kraft dazu hatte? Sie hat sein Hemd aufgeknöpft, als sie wieder im Hotelzimmer waren. Hat langsam seine Brust gestreichelt und dann ihre so sanften Lippen auf jede Parzelle seiner Haut gedrückt. Und er hatte seine Hand durch ihr Haar, über ihre Schultern gleiten lassen. Er hatte die Worte der Spaziergänger gehört, die über den Hafendamm liefen, ohne deren Sinn zu erfassen, das Rauschen der Wellen, während Emma so gegenwärtig war wie noch nie zuvor. Hatte die Augen geschlossen. Egal, was nun kommen mochte, diesen Augenblick hatte er wenigstens erlebt! Manchmal macht einem das Leben ein unerwartetes Geschenk. Franck hatte in dieser Nacht gespürt, wie sehr er sie liebte, und hatte sie es spüren lassen.

Nach ein paar Stunden erholsamen Schlafs kann er im Morgengrauen nicht umhin, an Étienne und an den Brief zu denken. Ihm stehen noch die Bilder seiner Rückkehr vor Augen, und er kann sich nicht eines dummen Schuldgefühls erwehren. Seit heute Nacht gehört Emma ihm. Er hat Étienne nichts gestohlen, während dieser eingesperrt war. Er hat sich damit begnügt, sie zu lieben, sie weiterhin so zu lieben, wie er sie schon, ohne es sich einzugestehen, seit Langem liebte. Heute Nacht hat er eine Antwort erhalten.

Das Wort Antwort ist in ihm, macht ihn froh. Es gibt nichts Schöneres als eine unerwartete Antwort. Und wenn das ihre Art war, sich von ihm zu verabschieden? Was weiß er eigentlich von ihr? Da ist diese Seite, die er nicht erreicht und die er spürt. Heute Nacht hat sie sich ihm geöffnet. Kann sie alles wieder schließen und zu Étienne zurückkehren?

Franck zieht sich leise an. Geht nach draußen. Er hat das Bedürfnis nach etwas, das größer und weiter ist als er, um sich ganz der Freude hingeben zu können, diese Frau zu lieben und von ihr geliebt zu werden, wie er es heute Nacht gespürt hat. Er geht am Strand entlang. In der Helligkeit, die allmählich heraufzieht, hat er plötzlich das Bedürfnis, Wasser auf seiner Haut zu spüren. Er lässt den Sand hinter sich, die Kühle lässt ihn erschauern, aber er geht weiter. Schwimmt im zarten Morgenlicht, allein.

Weit, weit weg von dort erwärmt die Sonne bereits die öde Erde. Auf der Ladefläche eines Lastwagens wird ein gefesselter Mann hin und her geschüttelt. Heute Morgen hat man ihn aus dem Versteck gezerrt, in dem er gefangen gehalten wurde. Vor langer Zeit haben sie mit Sanders, seinem Leidensgefährten, das Gleiche getan. Er weiß nicht, was aus dem jungen Niederländer geworden ist. Roderick spürt durch die Augenbinde hindurch das strahlende Tageslicht. Der Stoff der Augenbinde muss einer Frau gehört haben, denn ihm haftet noch ein lieblicher Duft an. Er wird nicht müde, diesen Duft einzuatmen. Ein Hauch des Lebens. Wenn ihm die Angst den Magen zusammenzieht, klammert er sich an diese sanfte Ausdünstung. Er wünschte sich, andere Geräusche zu hören als den ohrenbetäubenden Motorlärm. Er fragt sich, ob Vögel am Himmel sind. Fragt sich, wohin sie Sanders gebracht haben, der gleichzeitig mit ihm entführt worden ist. Er hat erfahren, dass Étienne befreit worden ist. Das hat man ihm gesagt. Warum?

Er vermeidet es, sich zu fragen, wohin man ihn bringt.

Hier ist er nichts mehr.

Plötzlich wird er nach vorn geschleudert. Der Lastwagen hat soeben gehalten. Er hört Stimmen. Darunter die von Frauen und Kindern. Ist er in einem Dorf? Sein Herz klopft heftig. Frauen und Kinder zu hören bedeutet, wieder von Leben umgeben zu sein.

Man lässt ihn absteigen und schiebt ihn ins Halbdunkel. Er geht über die Türschwelle eines Hauses. Man sagt ihm in knappem Englisch, hier wohne eine alte Frau, deren Sohn im Kampf getötet worden sei. Er sagt, wie er es schon unzählige Male getan hat, er sei Journalist. Keine Waffen. Kein Kampf. Man lässt ihn nicht ausreden. Man sagt ihm, er werde hier die Nacht verbringen. Niemand werde ihn bei der alten Frau suchen, und sie würde ihn unter keinen Umständen fortgehen lassen. Er spürt eine Hand, die sich an seinen Arm klammert, und hört Worte, die er nicht versteht. Die Stimme ist heiser und flüsternd, es ist eine Stimme, die eine Frage stellt, es sind immer dieselben Worte. Ein Mann sagt zu ihm Sie fragt, warum ausgerechnet ihr Sohn? Warum?

Er schreit Sagen Sie ihr, dass ich nichts dafür kann. Sagen Sie ihr, dass ich nie eine Waffe besessen habe. Sagen Sie ihr das!

Die Tür schließt sich hinter ihnen. Ist er allein mit der alten Frau im Haus? Das würden sie nie zulassen. Ist das eine Falle? Bevor sie weggegangen sind, haben sie ihn in einen Raum geschoben. Er ist nicht mehr in einem engen Verlies. Er spürt einen Luftzug in dem Raum. Es muss ein Fenster darin geben. Man hat ihm nicht die Augenbinde abgenommen. Man hat auch nicht seine Hände und Füße von den Fesseln befreit. Er hat sich an einem Möbelstück gestoßen. Er fällt auf ein niedriges Bett. Ist das das Zimmer des Sohnes? Dieses Bett erfüllt ihn mit Entsetzen. Er möchte sofort wieder aufstehen, stolpert.

Er hört die alte Frau hinter der Tür weinen.

Warum das alles? Er rollt sich zusammen, versucht, einen geschützten Raum in seinem Inneren wiederzufinden, weitab von allem.

Das Schluchzen der alten Frau wird leiser. Seltsamerweise beruhigt ihn der Kummer dieser Mutter nach und nach. Das ist eine menschliche Regung. Die er versteht. Und wenn sie ihn im Schlaf töten würde, dann könnte er das wenigstens verstehen … er schließt die Augen … nimmt sich fest vor, nie wieder in Kampfgebiete zurückzukehren, falls er lebendig davonkommt, nie wieder.

Étienne steht sehr früh auf und geht in den Garten, um die Sonne aufgehen zu sehen. Er hat den Wunsch, dem neuen Tageslicht neu entgegenzutreten. Er hat Kaffee gekocht. Als Irène sich an den Tisch setzt, betrachtet er sie. Es gibt Momente im Leben, in denen man den Eindruck hat, als sähe man jemanden zum ersten Mal. Selbst wenn man ihn seit jeher kennt. Das sind Momente eines neuen Blicks. Irène trägt ein Kleidungsstück von zartem Blau, das er ihr vor langer Zeit von einer Reise mitgebracht hat. Sie sagt «Manhattan-Blau» in Erinnerung daran, doch er hatte beim ersten Mal «mein Schatten-Blau» verstanden.

Heute Morgen betrachtet er sie und wird mit einem Schlag an eine Madonnenfigur erinnert, vor der er mitten im Kampfgetümmel stehen geblieben war, fasziniert von der unendlichen Sanftheit. Eine vermutlich von naiver Hand gemalte Madonnenfigur, die in der Wandnische einer Gasse weiterhin sanft den Kopf vor im Hinterhalt lauernden Männern neigte. Sie war zutiefst menschlich. Vielleicht hatte der Maler eine Frau aus seiner Umgebung als Modell genommen. Sie vermittelte auf unvergleichliche Weise den Anschein, alles verstehen zu können. Alles. Er schenkt seiner Mutter achtsam eine Tasse Kaffee ein. Sie hat noch einen Rest Schlaf in den Augen. Er möchte all die Stunden des Bangens, zu denen er sie verdammt hat, wegfegen. Das war ungerecht. Denn sie hatte sich nichts als Frieden gewünscht ... Er drückt ihr einen Kuss auf die Wangen. Spürt sie all das? Sie lächelt ihm zu, legt ihm die Hand aufs Haar. Seit er wieder da ist, fürchtet sie sich vor Worten, richtet sich nur mit dem Herzen an ihn. Mein Sohn, das Grau in deinem Haar hat das Schwarz inzwischen überflügelt, auch du wirst eines Tages alt ... das ist so seltsam für eine Mutter ...

Ihr friedliches Schweigen hüllt ihn ein. Sie trinkt in Ruhe ihren Kaffee, wobei sie den Blick wie immer aus dem Fenster zum Himmel schweifen lässt, ehe sie sich ihm wieder zuwendet Hast du gut geschlafen?

Zum ersten Mal wagt sie es, ihm diese Frage zu stellen, vielleicht, weil auch sie eine Veränderung in seinem Gesichtsausdruck bemerkt hat.

Er entgegnet Ich habe Jofranka angerufen, und plötzlich ändert sich Irènes Blick. Sie mustert ihn mit denselben scharfen Augen, mit denen sie früher nach dem Sperber Ausschau gehalten hat. Wo ist der Sperber heute?

Er fährt leise fort Ich habe das Bedürfnis, dass sie mir erzählt, was sie dort tut. Das ist wichtig für mich. Er spricht weiter und spürt, dass sie ihm nicht wirklich zuhört. Die Besorgnis ist wieder da.

Da ist die Kindheit da ist die Welt. Diese Worte schwirren ihm wieder durch den Kopf. Er klammert sich an sie. Da ist die Kindheit da ist die Welt, und er ... er?

Als er sie wieder ansieht, wendet sie den Blick nicht ab. Er kann in ihrem Inneren nicht die Worte lesen, die sie für sich behält Ist dir klar, dass du jetzt in dieses Haus das hereinlässt, was ich hier mit aller Kraft bekämpft habe? Tag für Tag. Ganz allein. Immer ganz allein.

Der milchige Frieden des Morgens bekommt einen Riss. Sie steht auf, geht in die Küche, holt Zucker und Honig ... egal was, nur damit du nicht meine Bestürzung siehst. Denn ich will nicht dem, was du zu ertragen hast, noch eine zusätzliche Last hinzufügen; weil ich nicht mehr weiß, was ich tun soll. O mein Gott, wie lässt sich nur die Bedrohung abwenden, dass alles in sich zusammenbricht? Kommt das von den Bomben?

Sie hat, ohne es zu merken, ihre Kaffeetasse mitgenommen und stellt sie halbvoll ins Spülbecken.

Étienne kann nicht umhin, erneut das alte Schuldgefühl zu empfinden, das ihn daran gehindert hat, seine Mutter zwischen zwei Aufträgen zu besuchen. Den ekligen Geschmack einer Mischung aus Scham und Wut. Manchmal hatte er ihr nicht einmal gesagt, wohin er flog, oder ihre eine Lüge erzählt, was das Ziel seiner Reise anging, um ihr die Ängste zu ersparen. Und um es sich selbst zu ersparen, wie in seiner Kindheit von einer Welle überwältigt zu werden, die sie vor ihm zu verheimlichen geglaubt hatte und die ihn und alle seine Träume unter sich begrub. Das hätte ihm gerade noch gefehlt! Er wünschte sich, er könnte schreien Verflixt noch mal, das ist doch mein Leben! Mein eigenes Leben. Ich kann gut verstehen, dass du vor Angst gezittert hast, meinen Vater zu verlieren, aber das ist doch kein Grund, dass ich hierbleiben muss, um dich zu beruhigen! Er ist ungerecht, das weiß er, aber heute Morgen bringt ihn etwas in Rage, das aus noch weiterer Ferne kommt.

Das steckt in ihm. Das hat immer in ihm gesteckt. Schon lange bevor Männer ihn vom Rand eines Bürgersteigs entführt haben. Er war schon gefangen, wenn er im Spiegel seines Schlafzimmers das Gesicht seines Vaters neben dem seinen betrachtet hatte. Eingeschlossen in der Ähnlichkeit. Der Blick seiner Mutter hatte ihn, ohne dass sie es gemerkt hatte, zum ersten Mal damit konfrontiert.

Denn der Blick der Mütter hat große Macht. Étienne steht auf. Er geht nicht zu ihr, das kann er nicht. Auch er lässt die Worte in seiner Brust stumm ihres Weges gehen. Ich habe schon als Kind gelernt, herauszufinden, wann du nicht mich, sondern durch mich hindurch sein Gesicht sahst. Ich gleiche ihm ja so sehr, nicht wahr? Und ich war stolz, ja stolz darauf gewesen, dir nur durch meine Gegenwart dieses Geschenk machen zu können. Erst später habe ich gespürt, welche Fesseln mir das anlegte. Dazu gezwungen, der Gleiche zu sein. Es war zu spät, um die Dinge zu ändern, ich wusste nicht mehr, was ich tun sollte, saß in der Falle. Da bin ich geflohen. Ja, ich bin geflohen.

Der Kuss, den Enzo Jofranka gegeben hat, hat mich nur nach draußen geschoben, weitab von diesem warmen Nest, in dem ich sowieso den mir zustehenden Platz nicht fand.

Irènes Stimme ertönt ruhig aus der Küche Ist Enzo auf dem Laufenden?

Er erwidert nichts.

Sie kommt zurück. Hat wieder ihre Tasse in der Hand und trinkt den Kaffee. Irgendetwas in dem labilen Gleichgewicht hat einen Knacks bekommen, aber sie hält sich kerzengerade, das Kinn ein wenig gehoben. Die feste Sanftheit wieder in jedem Wirbel, das ist ihre Kraft. Diese Sanftheit hält das Rückgrat aufrecht, die schon seit so langer Zeit gebändigte Sanftheit.

Ja, sie hatte sich an Étiennes neuen Rhythmus gewöhnt, an seine langen Wanderungen, sein Schweigen. Sie hatte ihn hier für sich. Auch wenn die Welt in Schutt und Asche versank. Ihr Sohn befand sich in Sicherheit. Niemand würde ihm etwas antun. Sie liebte es, dem Leben Hilfestellung zu leisten. Mit kleinen Dingen. Sie hatte immer mit kleinen Dingen etwas ausgerichtet. Leidenschaft, große Gefühlsausbrüche, Schreie und Tränen, all das überließ sie anderen. Für sie spielte sich alles im Inneren ab. Alles, was sie seit jeher hat vibrieren lassen, findet in ihrem Herzen statt, und ihr Herz ist groß. Ja, sie hat Leidenschaften beherbergt. Aber wer weiß das schon?

Und seit einer Reihe von Tagen und Nächten wacht sie, ohne sich etwas anmerken zu lassen, über alles, was ihren Sohn angeht, und beschützt ihn. Und nun das. Plötzlich braucht er wieder etwas anderes. O ja, die Welt ist mächtig, wenn sie ruft.

Sie sagt sich, Enzo und ich, wir sind ihm nicht genug. Nicht mehr. Wenn ich nicht aufpasse, steigt die alte Wut wieder in mir hoch, die noch so heftig ist. Der Frieden genügt ihnen nie, diesen beiden. Die feste, ruhige Welt genügt ihnen nie. Sie brauchen Krieg und Unglück, die sie daran hindern, Wurzeln zu fassen, immer wieder und immer wieder! Das hört nie auf!

Hast du etwas gesagt?

Es freut mich, Jofranka wiederzusehen, sie kommt so selten.

Er hat die Tür zum Garten geöffnet, steht auf der Schwelle.

Sie betrachtet seinen Rücken, der sich in der Türöffnung abzeichnet. Er wendet sich um, sagt Mama, hast du die Zeitungen mitgenommen? Weißt du, die Zeitungen aus meiner Wohnung ...

Irène braucht eine Weile, ehe sie die Frage versteht.

Ach so ... ja, ich habe sie vom Hausmeister zusammen mit den anderen Sachen, die du haben wolltest, hersenden lassen. Alles liegt im Hinterzimmer.

Die Welt ist da.

Irène hat nie die schwarzen Spuren gemocht, die die Druckerschwärze der Zeitungen auf den Händen hinterlässt.

Seit jenem Morgen schließt sich Étienne jeden Tag ein, nachdem er morgens seinen Kaffee getrunken hat. Vor Jofrankas Ankunft will er auf dem Laufenden sein. Und dazu braucht er Zeitungsseiten, nicht nur einen Bildschirm. Er hat das Bedürfnis, das Papier zu fühlen, das beruhigt ihn und verleiht dem, was er liest, Gewicht.

Jofrankas Besuch ist der Auslöser, aber sein Bedürfnis ist tief und dringend. Er hat das Bedürfnis, all das zu erfahren, was sich in der Welt abgespielt hat, während er eingesperrt war. Er muss die verlorenen Tage aufarbeiten, die Welt rekonstruieren. Einen Tag nach dem anderen. Kann das die Gefangenschaft ausradieren? Kann ihn das inmitten der anderen zu neuem Leben erwecken?

Es ist ein neues Fieber, das ihn gepackt hat, und Irène bedauert, dass sie nicht vor ihm die Zeitungen gelesen und eine Auswahl getroffen hat. Sie kämpft, bemüht sich, ihre Welt hier, die feste, stille Welt ihres Hauses, des Dorfes und der friedlichen Gewohnheiten ruhig zu halten. Eine friedliche Welt ist eine Welt, in der sich alles wiederholt. Die allen vertraut ist. Doch die

Unruhe ist wieder da. Die Zeit wird Erschütterungen erleben. Étienne hat es immer in die Ferne gezogen. Sie denkt an die kleine Jofranka, die auch sie in die Arme genommen hat, die Kleine, die von weither kommt, wie man immer von ihr gesagt hat. Die von weither kommt. Woher wird man nie erfahren. Und die sich um Frauen kümmert, die vermutlich aus noch weiterer Ferne kommen. Sie weiß, dass Jofranka und Étienne sich beide für ein sich stets wandelndes Gebiet interessieren, das der weiten Welt. Können Väter, die weite Reisen unternehmen, den Wunsch nach fremden Ländern vererben? Die Welt ... die Welt spielt verrückt, und ihr Sohn ist noch so empfindlich ... Sie drückt mit den Fingern auf ihr linkes Augenlid, das ungewollt zittert, versucht die wiederholten Lidschläge zu besänftigen. Die Unruhe, die sie von Kopf bis Fuß erfüllt, findet darin im Kleinen ihr Echo. Ach mein Sohn, du wirst nie all das erfahren, was mein Herz zusammengeschnürt hat. Söhne wissen nicht, was Mütter auszustehen haben. Ich habe in Abhängigkeit von dir gelebt und geglaubt, ich sei frei. Ich habe nicht gesehen, dass du den ganzen Raum eingenommen hattest. Das brauchst du dir nicht zum Vorwurf zu machen. So ergeht es allen Müttern. Sie lassen den Sohn nach und nach den ganzen Raum einnehmen und werden zu seltsamen, absoluten Dienerinnen.

Egal, was mit dem Augenlid los ist, sie lässt alles

stehen und liegen, wischt sich unwillkürlich die Hände an der Schürze ab und setzt sich ans Klavier. Egal auch, ob die Musik Étienne stört oder nicht. Musik und Schönheit sind schließlich auch ein Teil der Welt. Das darf er nicht vergessen.

Das ist ihre Art, gegen das zu kämpfen, was uns bedroht …

Mehr kann ich im Augenblick nicht tun, mein Sohn. Du hast die Wahl getroffen, wen du sehen willst. Du lässt Jofranka herkommen. Ihr beiden habt die Wahl getroffen, euch ins Chaos der Welt zu begeben. Enzo und ich haben den Frieden gewählt. Wir sind keine Aktivisten, keine Kämpfer und ohne jegliches Engagement. Nur Leute in einem Dorf, die leben. Ich bin keine Kämpferin, aber ich tue, was ich kann, damit es auf der Welt nicht an Schönheit mangelt. Das tue ich, und zwar so gut ich kann.

Irène spielt Klavier.

Étienne vertieft sich in die Angelegenheiten der Welt.

Er hört das Klavierspiel seiner Mutter. Hebt den Kopf, erkennt nicht wieder, was sie spielt. Hört ihr zu. Nach und nach lässt er seine Bewegungen von der Musik begleiten. Er liest weiter, aber irgendetwas in seinen Bewegungen, in seinem Kopf, hat sich verlangsamt.

Irgendwann erkennt er etwas wieder, das auch er gespielt hat. Die Partitur des Trios.

Er erkennt jeden Ton wieder.

Er wusste nicht, dass auch Irène es spielte.

Das Stück ohne Querflöte und ohne Cello zu hören bedeutet, die Abwesenheit zu hören. Er weiß nicht mehr, ob es Jofrankas, Enzos oder die seine ist. Seine Mutter spielt, und die Abwesenheit hat kein Gesicht mehr.

In ein paar Tagen wird Jofranka eintreffen.

Étienne wartet auf sie.

Während seiner Gefangenschaft hätte er alles darum gegeben, in Ruhe und Frieden zu leben, wie er es heute tut. Wie lange ist das her? Manchmal hat er Mühe, das zu lesen, was er vor sich sieht. Das Gesicht der Frau am Rand des Bürgersteigs und die hastigen Schritte der Kinder treten ihm wieder vor Augen. Dann schließt er die Lider, und wenn seine Mutter spielt, lässt er sich von der Musik mitreißen.

Wenn er sich an die Arbeit macht, geht er systematisch vor. Er schneidet Artikel aus. Macht Anmerkungen. Ja, er ist wieder bei der Arbeit, und sein Interesse gilt dem Unglück der Welt. Wenn man etwas ausrichten will, wo auch immer, muss man sich die Hände schmutzig machen. Das hat er akzeptiert. Das heißt, lebendig zu sein, auf der Welt zu sein. Beschauliche Menschen können fern davon, anderswo bleiben, in einer Welt, die nicht vom Chaos berührt wird. Er kann das nicht. Im Zentrum alles Lebendigen, in der Bestürzung, in der Wut, in Aufwallungen von Freude oder Ohnmacht findet er den Antrieb für sein Leben. So ist das.

Und wenn jemand nicht an seiner Seite stehen kann, dann eben nicht!

Die Erinnerung an Emma ist noch sehr lebendig. Ihre Haut und ihr Geruch verfolgen ihn manchmal in seinen Träumen. In solchen Nächten hat er das Bedürfnis, nach draußen zu gehen, um freier atmen zu können. Sein Brustkorb schnürt sich zusammen. Diese Frau hat ihn geliebt. Wirklich. Das weiß er. Er hat daran geglaubt. Und trotzdem.

Er findet instinktiv die alte Schutzreaktion wieder, die ihn alle Bilder abweisen lässt. Wie in den Zeiten, wenn er im Einsatz war und genau wusste, dass Erinnerungen ihn schwächen.

Dann denkt er an Enzo. Wie hat er es fertiggebracht, ohne Jofranka zu leben?

Eines Nachts macht er sich auf den Weg zu ihm. Um seinen und Enzos Schmerz einander näherzubringen.

Sein Freund schläft auch noch nicht.

Einer von beiden sagt Ist das der Mond? Und sie müssen lachen, weil damals im Dorf, als sie noch Kinder waren, immer jemand gesagt hat Das ist der Mond, wenn irgendetwas nicht stimmte. Der Mond war ein bequemer Vorwand. Enzo holt eine Flasche Wein.

Es ist eine Nacht, die nicht für den Schlaf bestimmt ist.

Enzo weiß, dass Jofranka bald kommt, aber keiner

der beiden spricht darüber. Also schweigen sie. Trinken Wein. In dieser Nacht holt Enzo nicht sein Cello hervor. Nein, keine Fluchtmöglichkeit in die Musik. Was sich zwischen ihnen abspielt, ist viel undurchsichtiger. Es gibt ein Terrain, das sie sich seit Langem teilen, ein nebliges Terrain, doch weder der eine noch der andere findet die richtigen Worte, um sich ihm zu nähern. Es ist etwas, das die beiden allen Widerständen zum Trotz dauerhaft vereint, auch wenn sie nicht wissen, wie. Das Leben, das der eine und der andere führt, ist ganz verschieden. Ganz verschieden sind auch die Ziele, die sie verfolgen. Und dennoch. Einer der beiden fragt Glaubst du ans Glück? Der andere erwidert Ich glaube an das, was uns lebendig werden lässt … alles andere, das Glück und alles … ich weiß nicht …

Dann sagt einer der beiden noch Nur das Leben zählt und der andere flüstert wie ein Echo Nur das Leben? Die Stimme haucht eine Frage in die Nacht.

Es ist eine seltsame Nacht. Rings um sie herum weben die Stille und der Wein einen vertrauten Nebel. Aber heute ist er dichter als sonst. Wo sind sie? Gedanken und Erinnerungen entfalten und vermischen sich. Die Nacht schreitet fort und hüllt sie ein. Schon seit Langem sagt keiner von beiden mehr etwas. Nur manchmal ein Seufzer. Keiner von beiden ist aufgestanden, um das Licht anzuknipsen. Étienne hat sich eine Zigarre angezündet. Enzo hat beide Ellbogen auf den Tisch gestützt und das Kinn in die Hände sinken lassen. Der Geruch der Zigarre wärmt und verdichtet die Atmosphäre. Sind sie eingenickt?

In Étiennes Kopf plötzlich der Sturzbach. Die Lust, frisches Wasser am ganzen Körper zu spüren.

Enzo ist gleichzeitig mit ihm aufgestanden Du kannst nicht allein dorthin gehen. Ich nehme meine Taschenlampe mit.

Dann gehen sie los, die Schritte nur vom Lichtkegel der Lampe erhellt. Das hatten sie noch nie getan. Enzos Silhouette zeichnet sich als kompakte Masse vor der Dunkelheit ab. Étienne denkt an nichts mehr. Er folgt Enzo. Ist Enzo allein zum Sturzbach gegangen, während er gefangen war? Plötzlich hat er Lust zu erfahren, wie Enzo in all diesen Monaten an ihn gedacht hat, aber er weiß nicht, wie er ihn das fragen soll. Dabei ist das ein Teil des Puzzles, das er rekonstruieren muss. Ein Teil der Welt. Das Bedürfnis, es zu erfahren, nagt an ihm. Irène, Enzo, die so ganz nahe Umwelt. Er könnte bei jedem Schritt Enzos Rücken berühren.

Ist Enzo immer vor ihm hergegangen? Dieser Körper, der massiger ist als seiner, der ihm den Weg weist und ihm zugleich die Sicht darauf versperrt.

Sie hören das Wasser, ehe sie es sehen. Sie spüren beide die Kühle und lächeln gleichzeitig. Aber dann hebt Enzo die Hand, bleibt plötzlich stehen. Étiennes

Herz klopft schneller. Er ist wieder in einem Hinterhalt, in weiter Ferne. Die Angst beschwichtigen, die ihn auf einmal überfallen hat. Enzo die Hand auf die Schulter legen, seine Wärme spüren, sich von der Gegenwart des Freundes beruhigen lassen. Enzo hat ihm den Kopf zugewandt, deutet mit dem Kinn auf etwas, weiter unten. Lautlos spähen sie aus. Ja, da ist etwas am Wasser, eine dunkle Kontur. In der Hocke schärfen sie den Blick. Am Ufer eine verschwommene Masse. Eine lebendige Masse, die damit beschäftigt ist, Wasser aus dem Bach zu schlabbern. Dann teilt sich die Masse langsam, zwei Felle werden sichtbar. Es sind zwei Waldtiere. Zwei kräftige Tiere, die trinken. Kein Windhauch. Nichts, das ihnen den Geruch der Männer zuwehen könnte. Der Mondschein ist nur schwach. Die beiden Tiere sind hier in dieser Nacht zu Hause. Unbesorgt tun sie, was sie zu tun haben. Ohne Aufsehen zu erregen.

Étienne und Enzo rühren sich nicht. Wie lange? Dann gehen die Tiere in den Bach. Die beiden hören das Geräusch der kräftigen Pfoten, die ins Wasser treten, das schmatzende Grunzen. Es dauert eine ganze Weile. Étienne und Enzo erleben ein seltsames Bad mit.

Dann lassen sich die Tiere gleichzeitig von der Strömung forttragen. Die beiden Männer verlieren sie aus den Augen. richten sich langsam auf. Noch immer lautlos. Sie bleiben stehen, betrachten das Wasser, das wieder ungehindert fließt.

Jofranka hat nicht gewollt, dass sie sie vom Bahnhof abholen, sie hat auch kein Taxi genommen. Sie ist zur Bushaltestelle gegangen, wie früher. Sie wartet unter dem Schutzdach auf den Bus und betrachtet, ohne sie wirklich wahrzunehmen, die weißen Markierungen für die Fahrzeuge auf dem Boden, die mit Zahlen ausgeschilderten Masten, einige Fahrgäste, die warten wie sie, zwei Busfahrer, die sich unterhalten, der eine bereits am Steuer, der andere auf dem Bürgersteig. Alles sieht so aus, als wäre hier die Welt zu Ende. Es zählen nur noch die Abfahrtszeiten und die Bestimmungsorte. Ein Gelände, das nur als Zwischenstation dient. Nichts zählt hier wirklich. Die Gedanken können in aller Ruhe abschweifen, man weiß, worauf man wartet, wohin man sich begeben muss. Sie überlässt sich dieser Art von Ruhepause. Sie braucht diese Etappen, ehe sie ins Dorf zurückkehrt. Je näher das Wiedersehen heranrückt, desto stärker spürt sie, dass sie langsam vorgehen muss. Die Reise hierher war lang, im Bus, in dem sie einen Einzelplatz gefunden hat, döst sie vor sich hin, den Kopf an die Scheibe gelehnt. An einer Haltestelle öffnet sie die Augen, ihr Blick fällt auf ein Werbeplakat hinter einer Glasscheibe mit dem Körper einer Frau in aufreizender Unterwäsche und provozierender Pose. Die Frau hat den Blick abgewandt und bietet dem Betrachter nur ihren vollkommenen Körper dar, ihre sanften Rundungen. Kein Gesicht mehr. Jofranka denkt Kein Gesicht mehr und schließt wieder die Augen.

Als sie auf dem Dorfplatz ankommt, muss sie sich einen Ruck geben, um sich der Benommenheit zu entreißen, in die sie sich hat gleiten lassen. Sie ärgert sich, dass sie nichts von der Landschaft gesehen hat.

Ihr Koffer ist sehr leicht. Sie findet ihren entschlossenen Schritt wieder, um zu Irènes Haus zu gehen. Étienne kommt ihr entgegen. Seine hochgewachsene, schlaksige Gestalt würde sie überall wiedererkennen. Er drückt sie an sich. Die Hand des einen auf dem Nacken des anderen, dieselbe Geste wie in der Kindheit. Sie seufzt. Alles ist da.

Irène besteht darauf, sie alle drei an diesem Abend bei sich zu empfangen, wie früher, und bereitet ein Essen zu, das alte Erinnerungen weckt. Auf den Tisch kommen nur Speisen, die jeder von ihnen liebt. Irènes Erinnerung und Liebe kommen in der Wahl der Gerichte und der Nachspeisen zum Ausdruck. Blumen schmücken den Tisch. Étienne nimmt sie in den Arm, flüstert Danke Mama, sie lächelt ihn an. Heute Abend lässt sie nicht die geringste Beklemmung in sich aufkommen.

Es ist ein festlicher Abend, wie sie ihn sich so sehr gewünscht hat, als ihr Sohn nur noch ein in den Fernsehnachrichten regelmäßig genannter Name war. Heute Abend sind die drei Kinder da, die sie in den Armen gehalten hat, und ihr Herz ist voller Freude.

Jetzt sind die Dinge wieder in Gang geraten, und sie hat keinen Einfluss mehr auf deren Verlauf. Was sie zu tun hatte, hat sie getan. Sie hat ihn beschützt, wieder auf die Beine gebracht. Er hat in all diesen Tagen ihr Klavierspiel gehört. Das war ihre Art, ihn bei seiner Bemühung zu begleiten, sich der Welt wieder zuzuwenden. Was nun kommt, geschieht ohne ihr Zutun.

Im Raum das fröhliche Stimmengewirr eines Festessens, um das Wiedersehen zu feiern. Doch manchmal verstummt der eine oder andere, wenn sich eine Hand einem Glas nähert, ehe es an die Lippen gehoben wird, oder wenn ein Blick auf einer Stirn oder einer Hand verweilt. In der Schwebe bleibende Momente, in denen ein Anblick oder ein Gedanke plötzlich einen von ihnen aus der Tischgesellschaft herauslöst, die jedoch schnell durch eine Handbewegung, ein im Flug aufgegriffenes Wort, ein Lächeln oder den Wunsch, sich den anderen wieder anzuschließen, verscheucht werden. Den Wunsch, zusammen zu sein.

Zwei Worte gehen Étienne seit Beginn des Essens nicht mehr aus dem Kopf Gerade erst.

Gerade erst.

Es ist so, als hätten wir uns gerade erst getrennt.

Gerade erst … aber der Kummer ist noch spürbar, obwohl wir gerade erst da sind. Unser heimlicher alter Kummer. Unser Kummer, der sich noch immer bemüht, unerkannt zu bleiben … Wir sitzen zu viert am Tisch. Gerade erst. Zu viert.

Jofranka kann nicht umhin, wieder den Blick der Frau auf sich zu spüren, mit der sie Tag für Tag unnachgiebig diskutiert hat, jener Frau, die in einem anderen Krieg von Milizsoldaten wie ein Tier behandelt worden ist. Wozu wird sie sich durchringen? Denn du weißt nicht, Étienne, dass ich durch mein Herkommen das Risiko eingehe, sie einen Rückzieher machen zu lassen. Du weißt nicht, in welchem Moment man die Frauen, die Angst haben und sich schämen, eine Aussage zu machen, auf keinen Fall im Stich lassen darf. Diesmal lasse ich der Frau die Möglichkeit, wieder in Schweigen zu verfallen. Lasse sie im Stich, noch ehe das Verfahren zu Ende ist. Um hierherzukommen. Für dich, aber es hat noch tiefere Wurzeln. Seit du entführt worden bist und man nichts mehr über dich erfahren hat, kommt in mir ganz langsam etwas zum Durchbruch. Es ist noch sehr vage, aber ich gehe eine Wette ein, eine seltsame Wette mit mir selbst, indem ich hierherkomme. Als hätte die Frau ein Anrecht auf Schweigen. Auch wenn das die

Henker in Frieden lässt. Ich erkenne mich selbst nicht wieder. Kann der Frieden der Henker ein Frieden für die Opfer sein? Hat das etwas mit Vergebung zu tun oder nur mit einem ungeheuren Überdruss, den ich bei dieser Frau gespürt habe, der Überdruss eines Lebens, das nur noch an einem seidenen Haar hängt, das jeden Augenblick reißen kann?

Kannst du mir Aufschluss darüber geben? Kann die Gefangenschaft dazu beitragen, das besser zu verstehen?

Jofranka trinkt einen Schluck. Sie erkennt eine Rebsorte, die Enzo sie schätzen gelehrt hat. Étienne und Enzo diskutieren ... sie hat den Faden des Gesprächs verloren ... ein kurzer Moment genügt ... Irènes Blick ruht sanft auf ihr. Irène merkt immer, wenn jemand in Gedanken abwesend ist.

Die alte Frau steht auf. Sie stützt sich mit beiden Händen auf den Tisch, und sogleich tritt Stille ein. Ihre kerzengerade Haltung hat immer jeden in ihrer Klasse der Dorfschule verstummen lassen oder in den schwersten Momenten ihres Lebens bewirkt, dass niemand sie mehr bemitleidete, wenn man sie vorübergehen sah. Man bemitleidet nicht eine Frau, die sich aufrecht hält. Bemitleidet zu werden, setzt voraus, dass man den Kopf gesenkt hält. Die kerzengerade Haltung ist schon da, ehe sie das Wort ergreift. Die Worte erreichen direkt ihr Ziel.

Meine Kinder, ich will euch sagen, dass ich überglücklich bin, euch wieder hier an diesem Tisch vereint zu sehen. Das ist alles, was ich euch sagen wollte. Ich erwarte niemanden mehr. Nein, ich erwarte niemanden mehr. Ich stoße auf das Leben jedes Einzelnen von euch an, auf dass es schön sein möge!

Sie hebt das Glas, und das Trio tut es ihr nach. Zwischen den vieren in dieser Nacht ein Pakt.

Enzo vermeidet es, Jofranka anzusehen, wie bei jedem der seltenen Male, wenn sie wieder da war. An allen vergangenen Tagen hat er das Gleitsegel ausbreiten können. Der Wind ist günstig, und das nutzt er aus. Das ist ein Zeichen. Der Wind hat es immer gut mit ihm gemeint. Sein Körper hat, während er allein über Wälder und Hügel flog, gelernt, sich Jofrankas Körper zu entwöhnen. Wie viele Flüge waren nötig, bis er nur noch die Freude spürte, von Strömungen getragen zu werden und den Blick schweifen zu lassen? Wie viele Flüge, bis er sich befreit fühlte? Jofrankas Haut, die Wölbung ihres Rückens, ihre Art, sich in der Liebe mit Feuer und Flamme hinzugeben, die Kraft, die sie ausstrahlt, ihre totale Selbstaufgabe in der Lust, diese ganze verborgene Seite ihres Wesens hat ihn lange in Bann gehalten und vermag es noch immer. In keiner seiner späteren Liebesnächte mit anderen Frauen hat er ein solches Feuer der Leidenschaft wiedergefunden. Er sieht sie nicht an.

Irène hat sich wieder gesetzt. Jetzt überlässt sie sich der Freude über ihre Anwesenheit. Ihr Trio. Egal, was morgen oder an allen anderen Tagen geschehen mag, heute sind sie hier vereint. Noch einmal. Ist jeder glückliche Moment nicht dazu da, um die Hoffnung auf den folgenden zu erwecken? Jofrankas Anwesenheit hat genügt, um das Gespann wiederherzustellen. Sie hat ihnen gefehlt. Das kann ihr nicht entgangen sein. Sie hat ihnen gefehlt. Auch wenn Irène weiß, dass Jofranka im Zentrum der Wirren dieser Welt tätig ist, und ernsthaft befürchtet, sie könne Étienne wieder in diese Wirren verwickeln, weiß sie dennoch, wie sehr Jofranka an ihm hängt. Ja, sie hatte diese drei Kinder in die Arme genommen und bleibt ihnen treu, wie auch sie ihr treu bleiben.

Jofrankas und Étiennes Blicke begegnen sich, sie lächelt.

Da tauchen vor Étiennes Augen wieder die Tiere mit dem vor Wasser schweren Fell auf. Er sieht deutlich, wie sich die dunkle Masse in zwei Hälften teilt, und stellt zugleich diesen Anblick infrage.

Als er zurücklächelt, haben Jofrankas Züge ihren üblichen Ernst wiedergefunden.

Die Nacht nimmt sie mit. Sie sind zu viert, und jeder von ihnen ist allein.

Irène ist als Erste schlafen gegangen Vom Wein wird mir immer etwas schwindlig, das wisst ihr ja …

Dann hat Enzo das Haus verlassen. Er drückt niemandem einen Kuss auf die Wangen, hebt nur wie gewöhnlich die Hand für ein an alle gerichtetes Auf Wiedersehen, Es war schön, mal wieder alle zusammen zu sein.

Jofranka und Étienne verabreden sich für den folgenden Morgen.

Er blickt ihr nach, als sie zu dem kleinen Hotel in der Nähe des Flusses geht, in dem sie ein Zimmer reserviert hat. Der Gedanke, sie am folgenden Tag wiederzusehen, kommt ihm ganz normal und zugleich außergewöhnlich vor.

Niemand hat Étienne gesagt, dass sie bei den wenigen Malen, wenn sie ins Dorf zurückgekehrt war, immer in Irènes Haus geschlafen hatte.

Die Nacht ist von Träumen umhüllt. Trinkt das Wasser der Flüsse. Steckt unter dem Fell der Tiere und reißt sie mit sich.

Étienne wacht.

Wo ist heute Nacht die Frau, die das Leben retten wollte? Er wird nie erfahren, ob sie und die Kinder tot oder lebendig sind. Er hat sie nicht fotografiert, aber er hat sie gesehen. Sehen ist sein Beruf. Die Augen, die stets Ausschau halten, und die Welt, die sich auf der Netzhaut abbildet. Der Fotoapparat liegt in der Tasche, auf seinem Schreibtisch. Er hat ihn seit seiner Rückkehr nicht angerührt. Er streicht mit den Fingern über die alte Tasche, öffnet sie nicht. In dieser Nacht sagt er sich schließlich, dass ihn der Fotoapparat davor bewahrt hat zu sehen. Was die Kameraeinstellung festhielt, wurde von seinem bloßen Menschenauge nicht gesehen und würde nie mehr auf dieselbe Weise ins Gedächtnis gerufen.

Diese Frau und die Kinder waren dem entgangen. Sie haben sich seinem Blick eingeprägt. In dieser Nacht kann sein Blick ins Gedächtnis eindringen.

Er erinnert sich.

Das kleine Mädchen trug weiße europäische Sandaletten. Sauberes Weiß in ockerfarbenem Staub. Der Junge leichte Ledersandalen, wie man sie überall an den Füßen der Männer sah.

Von den Beinen ausgehend erhascht er die Erinnerung. Den Beinen, die dazu dienen zu fliehen. Wenn man es kann.

Langsam den Blick an den Beinen der Kinder hinaufgleiten lassen.

Ein brauner Fleck auf dem Knie des Jungen. Ein Leberfleck oder das Überbleibsel von einem Sturz. Die kleinen Narben, die man sein Leben lang behält, wenn man von einem Baum hinabfällt oder mit dem Fahrrad ausrutscht.

Die beiden Kleinen und ihre erstaunlich steifen Knie. Das kommt ihm wieder in den Sinn. Sie hatten nicht den flinken, leichten Schritt von Kindern. Starr, schwerfällig. Steife Beine.

Nicht die Erinnerung abbrechen lassen Solange ich mich an sie erinnere, sind sie lebendig. Das kleine Mädchen hatte lockiges, helles, offen getragenes Haar, und auch der Junge hatte helles Haar, im Gegensatz zu dem ihrer Mutter. Wer war der Vater? Ein Europäer? An die Farbe ihrer Augen erinnert er sich nicht. Haben sie ihn angeblickt?

Étienne sitzt am Schreibtisch, an dem sein Vater seine Reisen vorbereitet, Karten ausgebreitet und Striche gezogen hatte, während er ihm dabei zugesehen hatte.

Er dagegen hat nur ein weißes Blatt Papier vor sich. Weder Kompass noch Sextant, nichts, um eine Reiseroute zu wählen. Nur Worte, die er niederschreibt und die jetzt die Erinnerung an den Geruch dieser Straße, den erstickenden Staub, den Lärm und die Stille jenes Tages und den Blick der Frau wiederbringen. Fehlen wird immer der Geruch ihrer Haut, und er wird nie wissen, wie sich ihr schweres Haar anfühlt.

Auch das aufschreiben, was der Erinnerung fehlt All das, was ich nicht gerettet habe und nie retten werde.

Er schreibt. Das ferne Getöse, die Rufe weiter hinten auf der Straße, vielleicht ruft man ihn, die Stimme eines seiner Kameraden, Roderick vielleicht, aber er rührt sich nicht. Das Schreiben reißt ihn mit sich. Die Worte besitzen Macht, das hat er immer gewusst und sich daher immer von ihnen ferngehalten, wie seine Mutter, wie Enzo. Mit Worten könnte er den Bürgersteig überqueren, neben ihr stehen. Aber fehlen werden immer die Worte, die nicht gewechselt worden sind. Fehlen werden die Stimmen. Kein Laut kommt aus dem Mund dieser Frau hervor. Und auch kein Laut aus dem der Kinder. Die Erinnerung ist stumm. Das Gedächtnis lässt weder Worte noch Flüstern wiederaufleben. Dabei hätte sie beruhigende Worte zu den Kindern sagen müssen. Aber ich habe nichts gehört. Nur den heiseren Atem der Männer in meinen Ohren und das Motorgeräusch des Wagens. Hat sie einen Schrei unterdrückt, als sie sah, wie man mich ins Auto zerrte? Spricht sie heute noch?

Ich kenne nur ihr Schweigen. «Schweigen» schreiben und warten. Dass etwas geschieht. Dass das Wort seine Flanken aufreißt wie ein gestrandetes Schiff. Dass es seine Ladung freigibt und sich alles mit dem Wasser vermischt.

Étienne hat plötzlich den dringenden Wunsch, alles fahren zu lassen. Soll doch die Welt ihren verrückten Weg gehen. Aber ihn soll man damit in Ruhe lassen. Er kann noch beschließen, Jofranka morgen nicht zu treffen. Sie hat sich für die Worte und deren Gefahr entschieden. Noch hat er die Wahl, sich ihr nicht anzuschließen.

Er blickt hinaus in die Nacht. Dunkelheit und Stille stecken unter einer Decke. Dennoch weiß er, dass er bald eine zunächst kaum wahrnehmbare Helle sehen, in der Dunkelheit Nuancen erkennen und die Bewegung eines Blattes oder den Flug eines Vogels erspähen kann. Nichts ist je völlig dunkel. Er öffnet das Fenster. Und es gibt auch keine Nacht mit totaler Stille. Hier rauscht sie leise wie das Wasser des Sturzbachs. Er sieht die Waldtiere wieder vor sich. Was hat er wirklich gesehen?

Ist sein Kopf von nun an voller Träume und Löcher? Auf dieser holprigen Piste vorankommen, ohne sich vom Chaos oder vom Steckenbleiben abschrecken zu lassen. Die Angst schnürt ihm wieder die Brust zusammen. Der Zweifel kann ihn überfallen. Alles mitreißen.

Jofrankas Stimme hören. Jetzt. Sofort. Beschwören. Sie bemüht sich, Licht ins Dunkel zu bringen. Mit Frauen, die noch atmen, lebendig sind. Beschwören. Er ruft sie an. Sie meldet sich nicht.

Er wird erneut in ihre Geschichte hineingezogen. Die Nacht ist voller Fallen. Ist Jofranka zu Enzo gegangen? Sich wieder der Welt zuwenden, heißt das, in ihre Geschichte zu dritt zurückfallen? Die Realität dieser letzten Stunden, die des Abendessens, in dessen Verlauf die Mutter gesagt hat, sie erwarte niemanden mehr. Eine Warnung. Wenn er wieder fortgeht ...

Étienne weiß nichts mehr, und wie im Flugzeug verkriecht er sich wieder in die Worte. Sein einziges Zuhause. Ein Zuhause in seinem Kopf mit etwas, das ihn nicht verlässt: die Sprache.

Jofranka meldet sich nicht. Die Nacht hat sie verschluckt. Alle schlafen. Oder nicht. Und er wacht.

Er kehrt zu seinem Blatt Papier zurück.

Die Worte sind da. Nach und nach an die Oberfläche geholt, wer weiß, auf welche Weise. Die Frau hat Hände, die kräftig zupacken. Etwas Starkes, eine Entschlossenheit inmitten all dessen, was ringsumher zerfällt. Ihre Bewegungen sind direkt, sicher. Die Art, wie sie den Kindern die Wasserflaschen auf die Arme legt, schließt jede ungleichmäßige Gewichtsverteilung aus. Die Kinder sind gezwungen mitzumachen. Die

Haltung ihrer Mutter zwingt sie dazu. Auch deshalb ist er am Rand des Bürgersteigs stehen geblieben. Die Präzision der Bewegungen dieser Frau entspricht der seinen, wenn er inmitten der Raserei seine Kamera einstellt, auf den Auslöser drückt. Ohne zu zittern. Seine Fotos verkaufen sich, werden in Zeitungen betrachtet. Die Bewegungen dieser Frau wird niemand betrachten. Und dennoch. Er hat es getan. Er kann das bezeugen. Nicht mit Fotos. Mit Worten.

In dieser Nacht ist er ihr das schuldig, da er es schon nicht geschafft hat, die Straße zu überqueren und zu sagen Kommen Sie, ich bringe Sie in Sicherheit.

In Sicherheit? Rennen, zu den anderen rennen?

Ich setze mich ans Steuer und werfe keinen Blick auf die in sich zusammengesunkene Gestalt auf der Rückbank, losfahren. Wissen, dass es keinen Ausweg gibt, dass wir eine Zeitlang fahren, bis wir den einen oder anderen in die Hände fallen, derartig ist das Durcheinander. Sie machen dann mit uns, was sie wollen, aber während wir gemeinsam fliehen, in dieser kurzen Zeit, kann sie sich wenigstens ausruhen. Endlich. Sie lässt den Kopf gegen die Kopfstütze sinken. Schließt die Augen. Hinter ihren Lidern ist eine Welt, über die ich nie etwas erfahren werde. Hinter den Lidern aller fliehenden Menschen, die erschöpft die Augen schließen, eine Welt. Die mit ihnen zu Ende gehen wird.

Ich habe nie gelernt, für jemanden zu sorgen.

Ich kann nur Risiken eingehen. Für mich selbst.

Bericht erstatten über das, was ich dem Chaos der Welt entrissen habe. Nur das kann ich. Für jemanden zu sorgen, ist etwas für Familienväter, für Eheleute, für Freiwillige des Alltags. Ich signiere nur meine Fotos, für das Anrecht auf ruhige Tage habe ich meinen Namen nie hergegeben, mich nie eingesetzt. Niemals. Ich bin nur ein Umriss. Die Schattenfigur eines Mannes. Und das wird oft als Heroismus angesehen! Die einzigen Helden sind jene, die dableiben. Und die leben.

Étienne hat sich eine von den Zigarren angezündet, deren Geruch ihn immer dann eingehüllt hat, wenn er keinen anderen Unterschlupf mehr fand.

Du hast mich gebeten, dir von meiner Arbeit zu erzählen. Also gut. Jofranka legt das Aktenbündel auf den Tisch.

Sie war schon früh da. Immer noch genauso pünktlich. Sie kommt zum morgendlichen Kaffee, und ihre vertraute, lebendige und zugleich diskrete Anwesenheit gibt Étienne etwas vom Leben zurück, das er Mühe hat, ohne fremde Hilfe wiederzufinden.

Irène hat sie allein gelassen. Die Unterlagen, die sie austauschen, und die Worte, die sie jetzt wechseln werden, davon will sie nichts wissen.

Meine Waffen sind eine alte Gartenschere, meine Knie, die nicht immer bereit sind, gebeugt zu werden, und alles, was mir die Erde und die Pflanzen geben können. Schon wieder diese Horrorgeschichten der Welt hören, das kann ich nicht.

Ab und zu wirft sie einen Blick aus dem Fenster. Möge das Haus die beiden beschützen. Möge der Frieden, den sie erst nach so langer Zeit in den Griff bekommen hat, sie sorgenfrei bleiben lassen, fern all dieser Barbarei. Am Himmel fliegen Vögel in Keilformation vorüber.

Was sie alles unter ihren Flügeln mitnehmen, wird man nie erfahren, und dennoch sind sie da, die Schreie, das Elend in ihren leichten Federn, die aus weiter Ferne kommen, ich liebe die Vögel, weil sie alles mit sich nehmen, was sie stumm gesehen haben, und weil sie das nicht daran hindert, hoch am Himmel zu fliegen. Ich beneide sie. Wir sind so schwerfällig, mein Gott, so schwerfällig in der Morgenluft. Ach, wie gut ich Enzo verstehen kann.

Étienne taucht am Fenster auf, winkt ihr zu. Er raucht wieder Zigarren. Das mag sie nicht. Eines Tages hat er ihr von der wohltuenden Wirkung erzählt, die der starke Geruch von Zigarren an Orten, die keine Ruhepause erlauben, auf ihn hat. Nein, das mag sie nicht.

Du musst dich wieder in Acht nehmen, mein Sohn. Warum, ja warum nur willst du dich wieder all diesen Abscheulichkeiten zuwenden? Wird es dir denn nie genügen zu leben? Irène zerreibt ein Blatt an ihrer Handfläche und riecht daran. Ein bitterer und zugleich süßer Geruch.

Möchtest du keinen Blick in die Unterlagen werfen?

Doch. Aber nicht sofort. Erzähl mir erst davon. Denn ich weiß überhaupt nicht, wie du arbeitest.

Étienne hat sich gesetzt. Er schließt die Augen, ihr zuzuhören genügt ihm. Jofrankas Stimme, die jetzt so nah ist, lässt ihn unvermeidlich an das Instrument denken, das sie gewählt hat. Sie hatte keine Sekunde gezögert im Konservatorium. Eine Frage des Atems und der Vibrationen.

Hörst du mir zu?

Natürlich.

Ich meine, weil du so aussiehst, als seist du wieder in deine Welt abgewandert ...

Ich höre dir zu. Wirklich. Auch wenn ich die Augen schließe, ich schwöre dir, dass ich dir zuhöre. Aber wenn dich das stört, kann ich die Augen offen halten.

Tu das, was am besten für dich ist, okay?

Sie lächelt.

Er hört ihr zu, und hinter seinen Lidern stellt er sie sich vor. Sie erzählt ihm von Kambodscha. Sie haben sich an Ort und Stelle begeben müssen, weil die kambodschanische Regierung zeigen wollte, dass ihr der Prozess nicht von außen aufgezwungen worden ist, sondern dass es sich um eine interne Angelegenheit des Landes handelt. Der Prozess sollte vor allem dazu dienen, ein Land wiederaufzubauen, in dem jegliches Vertrauen verloren gegangen war. Sie erzählt von ihrer Ankunft in den Dörfern und wie diese auf Plakaten angekündigt worden war. Die versammelten Dorfbewohner. Und Worte, immer wieder Worte für jeden Schmerz, auch wenn die Köpfe manchmal gesenkt blieben und die Blicke unerreichbar waren. Dort haben

Worte ungeheures Gewicht, verstehst du, da lebst du noch mit denen zusammen, die gefoltert und Massaker veranstaltet haben, manchmal sind sie deine Nachbarn. Wie soll es unter diesen Umständen gelingen, wieder mit ihnen zusammenzuleben? Es ist eine Sache, dass der Krieg zu Ende ist, aber Frieden zu stiften steht auf einem anderen Blatt ... Manchmal hast du gespürt, dass die Leute unmöglich etwas sagen konnten und nie etwas sagen würden, und das ist furchtbar ...

Étienne hört zu.

Und nach und nach drängt sich ihm eine Erkenntnis auf, die er niemandem einzugestehen wagen würde: Der Frieden hat ihn nie interessiert.

Das erfüllt ihn mit Entsetzen.

Es gibt Wahrheiten, die uns manchmal erst nach langer Zeit klarwerden. Dabei sind sie nicht zu übersehen, wie ein hohes Gebäude direkt vor uns. Jofrankas Stimme hat ihn darauf gebracht. Aber er bittet sie nicht zu schweigen. Er hört ihr zu. Als müsse er endlich ein seltsames Bekenntnis, das er noch nie vor sich selbst abgelegt hat, ganz zu Ende bringen. Er hört aus den Worten seiner Freundin das genaue Gegenteil dessen heraus, was er ist.

Jofranka verbringt ihr Leben damit, Frieden zu stiften.

Zwischen ihnen tut sich ein Abgrund auf. Doch sie merkt das nicht. Und er fällt hinein.

Du hörst mir nicht mehr zu ...

Er kann nichts mehr sagen.

Stimmt was nicht? Sag mal, stimmt etwas nicht?

Er öffnet wieder die Augen. Entschuldige, das kommt von der Müdigkeit ...

Ich hole dir ein Glas Wasser. Vielleicht sollten wir nicht über all das reden, das ist zu früh.

Besorgnis in Jofrankas Stimme. Das Schwindelgefühl lässt nach, er lässt den Zuckerwürfel, den sie ihm gebracht hat, auf der Zunge zergehen Hier, das bringt dich wieder zu Kräften ...

Der Zucker löst sich auf. Sich daran klammern. Kleine Kristalle, die nach und nach verschwinden, der Geschmack, der sich auf dem Gaumen ausbreitet. Alles andere von sich schieben. Alles.

Aber das kann er nicht.

Er hatte Jofrankas Anwesenheit gewollt. Ebenso wie er die Zeitungen hatte lesen wollen. Irgendetwas in ihm verlangt danach, bis auf den Grund zu verfolgen, was diese Geiselnahme in ihm ausgelöst hat. Er kann keinen Rückzieher mehr machen.

Es geht schon wieder, das war nur ein Schwindelanfall ... das kommt schon mal vor, aber immer seltener ... erzähl doch bitte weiter ...

Lieber nicht, Étienne. Wir können eine Pause machen, ein bisschen spazieren gehen. Hinterher erzähle ich weiter.

Er ergreift ihre Hand Bitte!

Sie spürt an seiner Stimme und an dem Blick, der sie fest ansieht, wie dringend seine Bitte ist.

OK.

Étienne schließt erneut die Augen. Ich höre dir zu, Jofranka, deine Worte reißen mich mit. Genau das möchte ich. Eines Tages muss man einfach so weit gehen, bis man den Boden unter den Füßen verliert. Warum Krieg, immer Krieg? Meine Wahrheit ist immer da gewesen, auf meinem Weg, einfach und brutal. Grell. Die Wahrheit rührt sich nicht, entfernt sich nie. Nein, sie hat sich nicht gerührt, sie hat mich erwartet. Und ich bin gelaufen, gelaufen und habe den Blick stets über ihr auf einen trügerischen Horizont geheftet. Voller lodernder Flammen. Ich brauchte den Tod, das ist alles. Gerechtfertigt durch den Krieg. Weil das so ist: Im Krieg wird der Tod als «normal» angesehen. Nur in diesem Rahmen wird kein großer Rummel darum gemacht. Kein Rummel. Im Krieg ist der Tod die Norm, der Luxus besteht darin, schnell zu sterben, ohne zu leiden. Herrgott, warum ist mein Leben damit verknüpft? Ich habe Tote fotografiert, ich kann sie nicht zählen. Manche Gesichter habe ich vergessen, andere nicht. Jetzt finden die Worte ihren Weg über seine Lippen. Seine Stimme ist leise.

Hör zu, Jo, hör zu … das habe ich nie jemandem erzählen können … Als ich da unten war, als Geisel, wie man so schön sagt, und nicht einmal wusste, ob ich lebendig davonkommen würde, habe ich mich ans Leben geklammert, hörst du, wie noch nie ... ich habe den Zeitpunkt des Einschlafens hinausgezögert, weil ich befürchtete, sie könnten mitten in der Nacht kommen, um mich zu ermorden, ohne dass ich es merken würde. Ja, davor hatte ich Angst. Ich wollte leben, bis ans bittere Ende, jede Sekunde war mir kostbar. Auch wenn das Leben fast nichts mehr bedeutete, verstehst du?

Jofranka sagt nichts. Sie blickt ihn an, und er weiß, dass er weitersprechen kann. Sie ist imstande, all das zu hören.

Und eines Nachts hat mich ein Albtraum geweckt. Mein eigenes Gebrüll hat mich geweckt. Ich brüllte noch, als ich schon wach war, das Gebrüll in meiner Kehle hörte nicht auf, und plötzlich bekam ich Angst, das Gebrüll könne nie aufhören und sie könnten kommen und meinen Kopf an der Wand zerschmettern, um mich zum Schweigen zu bringen, aber es geschah nichts ... als hörte nur ich mich brüllen ... der Albtraum war ein Gesicht ... das sah ich immer noch, als ich schon wach war ... das Gesicht eines Mannes mit geschlossenen Augen, als schliefe er, eines Mannes, den ich nicht kannte, und dieses Gesicht suchte das meine, aber ich war der Einzige, der wusste, dass er tot war. Und es erfüllte mich mit Entsetzen, dass sein

Gesicht dem meinen immer näher kam. Dass es ihm gelingen könne, mich zu erreichen, erfüllte mich mit Entsetzen. Allein der Gedanke daran erfüllt mich noch heute mit Entsetzen. Ach, Jo, diesen Albtraum habe ich noch nie jemandem erzählt … ich weiß nicht warum, aber ich schäme mich dessen. Kannst du verstehen, dass ich mich schäme?

Jofranka ergreift seine Hände. Ihr Blick sucht Étiennes Augen. Er hat den Kopf gesenkt. Sieh mich an. Sieh mich an. Etwas wehrt sich in ihm … dann stößt er wieder geflüsterte Worte hervor … Jo, ich weiß, dass in diesem Albtraum etwas Entscheidendes für mich steckt … das ich begreifen muss … aber es gelingt mir nicht. Und ich schäme mich so für das Entsetzen. Das kann ich nicht erklären. Du kannst dir gar nicht vorstellen, wie sehr ich mich für diesen Traum schäme … er jagt mir solche Angst ein. Eine Angst, wie ich sie nie inmitten von Gefechten empfunden habe. Angst vor dem sich nähernden Gesicht. Ich habe das Gefühl, es könnte mein Gesicht bedecken. Ach Jo, steckt jetzt etwas Totes in mir? Kann das mein ganzes Inneres einnehmen?

Sie legt die Hände auf seine Wangen, zwingt ihn, den Kopf zu heben. Legt ihre Stirn ganz fest an seine. Flüstert von Gesicht zu Gesicht Worte, die besagen, dass sowohl Totes wie Lebendiges in ihnen ist, in jedem von uns, immer, ja immer, und dass unser Leben mit zögerndem Schritt manchmal dem einen, manchmal dem anderen näher kommt … und sie sagt, dass sie beide die Wahl getroffen haben, dem Tod ganz nahe zu stehen, so nahe, dass die Grenze manchmal durchlässig ist … als sie dich eingeschlossen haben, haben sie dich in noch größere Nähe des Todes gebracht … Aber du hast durchgehalten, Étienne, zwar am Rand, aber du hast durchgehalten … jetzt musst du wieder einen Schritt tun, und zwar den, der dich von den Toten zu den Lebendigen führt, weil es um dein Leben geht, mein Étienne … du und ich können nicht ganz auf Seiten der Lebendigen stehen, das wissen wir seit Langem, das wussten wir schon, als wir noch Kinder waren, auch wenn wir damals noch nicht über die richtigen Worte verfügten, um das auszudrücken … halt dich fest, mein Étienne, halt dich fest … ich bin da.

Er spürt die Stirn seiner Freundin an der seinen. Hinter dieser Stirn sind Bilder, die er nie sehen wird, aber was sie ihm sagt, nimmt er auf. Durch die Stirn. Diese Worte finden ihren Weg durch die Haut. Er legt Jofranka die Hand auf den Kopf. Streichelt ihr Haar.

Es ist ein Moment, wie man ihn nur selten erlebt. Das Vertrauen zwischen den beiden ist grenzenlos. Was Jofranka ihm offenbart, ist etwas, das er bereits aus ganzem Herzen weiß, ohne es je ausgesprochen zu haben. Er hat Fotos gemacht. Das hat er getan, so gut er konnte. Mit aller Achtung und aller Liebe, die er seit jeher für die Menschen empfunden hat. Aber kein Wort hat je Licht in das gebracht, was tief in seinem Inneren vor sich ging. Die Musik war manchmal da, um die Dinge zu mildern, flüssiger zu machen. Doch jetzt braucht er Worte. Ja, deshalb hat er Jofranka gebeten herzukommen. O ja, sie versteht ihn.

Sie öffnet die Augen, zieht langsam ihr Gesicht ein wenig zurück. Sie nimmt seine Hand. Beschließt, dass heute ihre Haut in Kontakt mit der seinen bleiben wird, sie wird ihn nicht loslassen.

So laufen die beiden los, gehen schweigend durch das Dorf.

Er wäre vor Einsamkeit und Angst fast verrückt geworden, und dennoch. Seine Wahrheit war da, an der Wand seines Gefängnisses, in der abgebröckelten Farbe, in den Geräuschen auf dem Gang, auf die er horchte, in seinen Gelenken, die ihm wehtaten, weil er sich kaum bewegen und nicht mehr als zehn Schritte machen konnte, ehe er auf eine andere Wand stieß. Das machte seine Wahrheit aus. Genau darauf basierte die Anziehung, die der Tod auf ihn ausübte. Er suchte den Krieg, spürte ihm auf den Gesichtern nach, auf dem ganzen Erdball. Weil der Krieg dem Tod alle Türen öffnet.

Der Frieden stand ihm fern, ja, das war seine Wahrheit. Aber wie soll man damit leben?

Unterdessen geht die Frau, die vor Gericht aussagen soll, fern von ihnen durch die Stadt, die Jofranka am Vortag verlassen hat. Sie spricht den Namen der fremden Stadt unhörbar aus: Den Haag. Sie versucht ihn genauso auszusprechen wie die Leute hier. Das fällt ihr schwer. Sie bändigt all das Unbekannte, das sie umgibt, indem sie sich auf die Aussprache des Wortes konzentriert. Die Laute ziehen sie mit sich, und sie geht. Sie wird ringsumher von den Geräuschen, von der Sprache dieser Stadt eingehüllt. Sie versteht weder die gewechselten Worte noch die Plakate, noch die Ladenschilder, und das gefällt ihr. Sie lässt sich tragen, folgt dem Strom der Passanten. Hier kann sie Gesichtern begegnen. Hier ist niemand, den sie wiedererkennen kann. Das ist erholsam.

Man hat sie ausgesucht, um vor Gericht auszusagen. Man hat ihr erklärt, dass sie über das sprechen soll, was sie erlitten hat, aber auch, dass sie all die Frauen vertritt, die das Gleiche erlitten haben wie sie. Eine Mission. Sie hat Angst. Die Dämonen zu wecken. Zu reden. Reden heißt, wieder dasselbe zu fühlen. In ihrem ganzen Sein. Auch wenn sie hier keiner Gefahr ausgesetzt ist und ihr nichts mehr zustoßen kann. Im

Inneren kann alles wieder von Neuem beginnen. Es ist besser, die Finger davon zu lassen. Eine alte Frau im Dorf hat zu ihr gesagt Es ist besser, die Finger davon zu lassen. Aber wenn sie nichts sagt, wer erfährt es dann? Über sich selbst schweigen, das kann sie. Ihr Leben ist sowieso zum Stillstand gekommen, und nichts kann es wieder in Gang bringen. Heiraten, Kinder haben, unterrichten ... sie wiederholt die Worte, die sie früher haben vibrieren lassen, aber da tut sich nichts mehr. Die Worte sind leere Hülsen, wie ihr Körper jetzt. Sie betrachtet ihren Körper nicht mehr. Schließt die Augen, wenn sie sich wäscht. Jede Parzelle ihres Körpers ist besudelt worden. Jede Parzelle ihres Körpers ist zur Quelle eines solchen Leidens geworden, wie sie es sich nie hätte vorstellen können. Reden heißt daher, die Augen wieder auf jede Parzelle ihrer Haut zu richten.

Sie setzt vorsichtig einen Fuß vor den anderen. Dabei sind die Bürgersteige hier völlig eben. Die Angst sitzt ihr noch in den Gliedern. Sie geht wie eine alte Frau. Sie ist dreißig. Gleich wird sie die Familie wiedertreffen, bei der sie wohnt. Dann sieht sie das kleine Mädchen wieder, das heute Morgen die Hand in die ihre gelegt hat, einfach so, ohne Grund. Die Mutter hat die Geste bemerkt, und die beiden Frauen haben einen kurzen Blick gewechselt und dann ein Lächeln. Aber die Geste hat sie zutiefst gerührt und dazu gebracht, allein durch die Stadt zu gehen. Das Kind hat sie daran erinnert, wie sie selbst vor vielen Jahren ihren kleinen Bruder an der Hand gehalten hat, als weder er noch sie sich vorstellen konnten, was geschehen würde.

Sie wird nie ein eigenes Kind haben, das sie an der Hand halten kann. Der Arzt hat ihr das traurig und klar gesagt. Was in ihrem Bauch durch Gewalt entstanden war, war tot. Auch sie wäre fast dabei gestorben. Aber ihr Körper hat widerstanden. Der Körper ist ein halsstarriges Wesen.

Sie bleibt vor einem Schaufenster stehen. Kleider in Zitrusfarben mit kurzen, fröhlichen Formen. Sie sieht das Spiegelbild ihres Gesichts im Schaufenster und geht weiter. Aussagen, aussagen, aussagen ... sie wird sagen müssen, ohne schwach zu werden, wie sie behandelt worden ist. Wie ein Tier. Ein Lasttier. Erniedrigung ist ein zu schwaches Wort für das, was sie ertragen hat. Sie wird sich erinnern und es ausdrücken müssen.

Sie stellt die Worte in ihrem Kopf zusammen. Die Rechtsanwältin, die ihr hinter ihrem Schreibtisch dort oben in dem hohen Gebäude zugehört hat, hat ihr geholfen. Weil sie zu schweigen verstand. Auf die Worte zu warten. Sie hat ihr gesagt, dass die Richter ihr ebenfalls zuhören würden. Mit Respekt. Respekt? Würde? Ein Hohngelächter verkrampft ihr den Magen. Sie hat die Worte gelernt. Die Vergewaltigung als Kriegswaffe. Man trifft den Gegner durch den Körper seiner Frauen.

In anderen Ländern geschieht das auch. Überall auf der Welt tun Männer das den Frauen an. Menschen. Seit wann? Seit jeher.

Jetzt möchte sie mehr wissen. Die ganze Geschichte der anderen Kriege in anderen Ländern und zu anderen Zeiten. Als könne das Wissen allein sie aus dem Schlamm, dem Speichel, dem Sperma und dem Blut herausreißen.

Schon wieder ein Bild ihres Gesichts im Vorübergehen, diesmal in einem Spiegel. Sie erkennt, dass es sich um einen Friseursalon handelt. Eine Frau mittleren Alters lächelt ihr an der Kasse unwillkürlich zu, weil sich ihre Blicke begegnet sind.

Sie betritt den Laden.

Ihre Haare. Es hat einen Mann gegeben, der sich einen Spaß daraus gemacht hat, sie mit einer Hand an den Haaren zu packen und zu Boden zu zerren, in der anderen Hand eine Waffe. Die Frau an der Kasse weiß das nicht. Er hat sie an ihrer Mähne spazieren geführt, so wie man einen Hund ausführt.

Diese Erinnerung lebt in ihr. In jeder Locke ihres Haars. Ein junger Mann kommt freundlich lächelnd auf sie zu. Sie zeigt auf ihr Haar und stößt in knappem Englisch hervor Schneiden. Schneiden. Er antwortet ihr auf Englisch, und sie begreift, dass er sie fragt, was für eine Frisur sie sich wünscht. Sie hört nicht zu, kann ihm nicht zuhören, er soll den Mund halten, sie schüttelt den Kopf, zeigt auf die Schere. Schneiden, schneiden. Der junge Mann wirft einen Blick auf die Frau an der Kasse. Sie fordert die seltsame Kundin auf, Platz zu nehmen. Bringt ihr einen Stapel Zeitschriften, zeigt ihr Bilder von verschiedenen Frisuren. Auf jeder Seite sind die Fotos schöner Frauen mit tapferem Blick. Ihre Augen in den vollkommenen, glatten Gesichtszügen scheinen die ganze Erde herausfordern zu wollen. Die Hand der jungen Frau klappt die Zeitschriften wieder zu. Auf einem Foto an der Wand ein Mannequin mit kurz geschorenem Haar. Sie zeigt mit dem Finger auf dieses Gesicht. Schneiden. Die Frau nickt und sagt etwas in ihrer Sprache zu dem freundlichen jungen Mann.

Als die Schere mit der Arbeit beginnt, schließt die junge Frau die Augen. Sie steckt dem Soldaten jede Haarsträhne in die Rachenhöhle und schiebt sie mit der Spitze des Pistolenlaufs tief hinein. Er soll verrecken. Für jeden Schrei, den sie unterdrückt hat, ein Büschel Haare in die Rachenhöhle. Kein Lachen, kein Wort wird je wieder aus der Kehle dieses Mannes kommen. Sie wünschte sich, er wäre noch am Leben und sie könnte sehen, wie er sie um Erbarmen anfleht. Aber er ist tot. Sie hat seine Stiefel wiedererkannt, auf die er so stolz gewesen war, als eine ausländische Armee sie und die anderen Frauen, die noch am Leben waren, befreit hat. In dem Krankenhaus, in dem man sie gepflegt hat, hat sie erfahren, dass der Befehlshaber der Armee ihres Landes ihn und die anderen Milizsoldaten nicht daran gehindert hat, zu tun, was sie wollten. Auf diese Weise hatte er sie in der Hand, da er sie nicht entlohnen konnte. Und sie holten sich ihren Lohn, indem sie sich auf bestialische Weise Frauenkörper gefügig machten. Dieser Mann, der Befehlshaber der barbarischen Armee, steht jetzt vor Gericht. Und sie wird aussagen. Wird alles sagen. Damit alle in diesem Gerichtshof erfahren, was die Frauen erdulden müssen, die dort entführt werden.

Als sie aus dem Friseursalon kommt, streicht sie langsam mit der Hand über ihren langen Hals, spürt die kühle Luft in ihrem Nacken. Richtet den Kopf auf. Die Frau an der Kasse folgt ihr mit den Augen und entdeckt an ihr plötzlich eine seltene Anmut. Aber etwas an dieser jungen Frau lässt sie erschauern.

Der junge Mann kehrt die Locken zusammen. Eine, die auf dem Sessel liegen geblieben ist, behält er eine Weile in der Hand. Er hat bei jedem Schnitt mit der Schere die Spannung im ganzen Körper dieser Frau gespürt. Ein Meister des Friseurgewerbes hatte ihm gesagt Das Haar von jemandem anzutasten ist keine Nebensächlichkeit. Zum ersten Mal empfindet er das wirklich.

Er geht vor die Tür des Friseursalons. Vielleicht will die Frau ja eine Strähne als Andenken behalten.

Aber sie ist schon weit weg.

Er hätte nie gedacht, dass sie so schnell laufen kann. Sie auch nicht.

Étienne und Jofranka sitzen oben auf dem Hügel, dem Dorf gegenüber. Zu ihren Füßen die kleine Schule, die Gassen, Irènes Garten und die anderen inmitten des Gewirrs kleiner Steinmauern ineinander verschachtelten Gärten. Jofranka hält noch immer Étiennes Hand in der ihren.

Jofranka, wie hast du es geschafft, nicht den Mut zu verlieren?

Ich kümmere mich um Überlebende, Étienne. Überlebende. Und vergiss nicht, dass man mich als Kind angenommen hat. Siehst du das Dorf da unten, du und ich können es nicht mit den gleichen Augen betrachten. Wenn du hierher zurückkommst, bist du zu Hause. Das Haus deiner Mutter, all das hier ist dein Zuhause. Du hast hier gewohnt, seit du geboren wurdest.

Aber du warst doch auch als kleines Kind hier, Jo.

Ich war dreieinhalb. Ganz genau. Vorher war ich in Kinderheimen, wie man mir erzählt hat, ich habe versucht, so viel wie möglich herauszubekommen, aber ich habe keine richtigen Erinnerungen daran. Nur Eindrücke oder Empfindungen, die mich manchmal überkommen und die ich nicht begreife. Ich habe gelernt, damit umzugehen. Im Laufe der Zeit und auch mithilfe einer Psychologin. Aber mich irgendwo zu Hause zu fühlen, das habe ich nicht gelernt. Wenn du als Kind «angenommen» wirst, bist du nirgendwo wirklich zu Hause. Du machst mehrmals einen Versuch, das ist alles. Mein Lebensraum liegt zwischen «angenommen» und «zu Hause». Das ist ein Raum, den ich nie verlassen habe. Dort lebe ich. Étienne hört seiner Freundin zu. Etwas aus ihrer Kindheit tritt ihm wieder vor Augen: ihre trotzige Stirn, die sich abwandte, und das Fehlen einer Abschiedsgeste, wenn sie sich von Enzo und ihm trennte. Er fand sie damals distanziert, fast hochmütig. Sie beeindruckte ihn. Heute sitzt sie mit entblößter Seele neben ihm. Sie fährt fort.

Mein Lebensraum sind die Worte und das Schweigen zwischen den Worten. Da fühle ich mich einigermaßen wohl. Lebendig. Völlig lebendig. Keine Wände, keine Türen, keine Fenster, die ein «trautes Heim» ausmachen. Das ist für jene, die sich irgendwo zu Hause fühlen können. Nicht für mich.

Jofrankas Stimme verscheucht alle Gedanken aus Étiennes Kopf. Er betrachtet das Dorf unten und drückt ihre Hand.

Weißt du, ich habe viel von den Leuten gelernt, um die ich mich kümmere, und lerne noch immer viel von ihnen. Du kannst dir sicher denken, dass man so etwas nicht zufällig tut …

Vor Étiennes Augen tauchen weitere Bilder auf. Er sieht Emma wieder vor sich. Auch er hat sich nicht umgewandt, als er sie zurückgelassen hat. Er wird nie wissen, was für ein Gesicht sie damals gemacht hat. Fand auch sie ihn hochmütig, distanziert?

An diesem Morgen hat Enzo seine Ausrüstung in den Kofferraum des Autos gepackt. Er fährt hinauf bis zur letzten Kurve und parkt den Wagen. Den Rest des Weges muss er zu Fuß zurücklegen, und das liebt er. Der Weg führt an einer kleinen Kapelle vorbei. Der Schlüssel liegt immer auf dem Türsturz. Er öffnet die Tür und ist wie jedes Mal von der nüchternen, friedlichen Atmosphäre beeindruckt. Der Raum sieht aus wie ein umgedrehtes Schiff, und die wenigen Bankreihen wirken einladend, warum, kann er nicht sagen. Er setzt sich, atmet den Geruch nach Holz ein und streicht mit der Hand langsam über die Rückenlehne der Bank vor ihm. Fast niemand kommt hierher, um zu beten. Der Raum ist erfüllt von großer Ruhe, die zwar Gebete nicht ausschließt, sie aber nicht erforderlich macht. Hier hat er oft Frieden gefunden, ehe er mit dem Gleitsegel flog.

Er hat im Laufe der Zeit gelernt, dass man, wenn man von dem Flug Wunderdinge erwartet, zuvor bereit sein muss, sie zu empfangen. Hier bemüht er sich, völlig abzuschalten. Erst dann kann er sich ganz der Kontemplation hingeben.

Jofrankas Gesicht taucht vor ihm auf, verfolgt ihn. Jedes Mal, wenn sie ins Dorf zurückgekommen ist, wurde ihm klar, dass er sich erneut anstrengen musste, sie wieder zu vergessen. So war das nun mal. Wird er sich nie von ihr befreien können? Sie gehört zu seinem Leben. Ein Teil von ihm ist bei ihr geblieben. Will er diesen Teil wirklich zurückerobern?

An diesem Morgen empfindet er einen tiefen Überdruss.

Jo, du bist Étiennes wegen hergekommen, und das ist gut so. Ich wusste, dass du seinetwegen wiederkommen würdest. Aber ich habe genug davon, nicht zu wissen, was ich wirklich empfinde. Freundschaft, Brüderlichkeit, Liebe? Die Worte sind da, aber in meinem Inneren hat sich alles miteinander vermischt. Ich würde so gern genau erkennen können, was ich empfinde, so wie ich eine Holzart erkenne. Den Geruch, die Maserung des Holzes. Es gelingt mir, sein Alter zu schätzen, mir seine Herkunft vorzustellen, und ich weiß, wofür ich es verwenden kann. Was dich angeht, Jo, habe ich das nie gewusst. Nur wenn ich dich in den Armen hielt, wusste ich das. Dann warst du wirklich da. Wir waren zusammen. Aber sobald ich dich nicht mehr in den Armen hielt, habe ich dich angeblickt und wusste nicht mehr, was du tun würdest. Ich habe dich nie ganz verstanden und nie gewusst, was wir gemeinsam machen würden. Ich habe die Augen geschlossen und dich leidenschaftlich genommen, wieder und wieder.

Aber ich konnte dich nicht unentwegt in den Armen halten. Man kann eine solche Frau nicht für immer an sich binden.

Durch das Spitzbogenfenster fällt helles Licht auf ihn.

Er lächelt. Soviel ist sicher, in meiner Familie verstehen die Männer es nicht, eine Frau zu behalten.

Dann sieht er wieder etwas vor sich, das er immer für sich behalten hat. An dem Tag, an dem er begann, über das Dorf zu fliegen. Er war noch sehr jung, weder Étienne noch Jofranka hatten den Versuch machen wollen, wie er mit einem Gleitsegel zu fliegen. Er hatte sie zurückgelassen und war mit dem Gefühl aufgebrochen, ein richtiger Forschungsreisender zu sein, der sich allein auf den Weg macht. Schon damals machte er gern in der kleinen Kapelle Halt. An jenem Tag war er glücklich gewesen, weil er lange geflogen war. Die warmen Aufwinde hatten ihn lautlos getragen. Wie einen Vogel. Von dort oben konnte er alles sehen. Und er hatte gesehen, was er nie hätte sehen sollen. Seinen Vater, den er sofort wiedererkannte. Er war der Einzige im Dorf, der stets so einen schwarzen Hut auf dem Kopf trug. Enzo hatte seinen Spaß daran gehabt, zuzusehen, wie er stehen blieb und wartete ... und dann sah er die schmächtige Gestalt, die auf der Lichtung eintraf ... und zu ihm hinging. Er war total verblüfft.

Es war Irène. Irène und sein Vater küssten sich, umschlangen sich. Er flog in so geringer Höhe, dass kein Zweifel möglich war, und er hätte sich gewünscht, dass ihn die Strömung schnell in die Höhe segeln lassen könnte, anderswohin. Anderswohin. Aber in der Luft kann man nicht immer das tun, was man will.

Er hat nie erfahren, ob sie ihn gesehen hatten. Er hat nie jemandem davon erzählt.

Étienne hat sein Notizheft hervorgeholt, das er immer bei sich trägt. Jetzt liest er vor und Jofranka hört ihm zu.

Sie wird in die Stadt in der Ferne versetzt, ins Chaos, in das angekündigte Grauen. Étiennes Stimme beschreibt alles ganz deutlich. Diese Stimme und diese Worte sind viel eindrucksvoller als irgendeines seiner Fotos. Mit seiner Stimme im Ohr geht sie durch die Trümmer. Bleibt vor einer Frau mit schwerem Haar und zwei Kindern stehen. Sie betrachtet die drei Gestalten, die emsig beschäftigt sind. In Étiennes Worten werden sie lebendig. Sie sieht das kleine Mädchen, das die Gefahr zwar nicht begreift, sie aber spürt, die furchtbare Gefahr, die auf Panzerketten heranrollt. Die Angst der Kleinen spürt sie selbst. Ist das Mitgefühl? Bei jeder Frau, die sie in ihrem Büro empfängt, verbietet sie sich das. Aber hier darf sie es. Da kommen ihr wieder all die Berichte der Frauen in den Sinn, die sie gehört hat. Der Horror! Sie spürt das Entsetzen des kleinen Mädchens. Alle Frauen der Welt sind jetzt in dem unberührten Körper dieses kleinen Mädchens. Und Jofranka betet aus tiefstem Herzen, dass dieses Mädchen dort verschont worden ist.

Ich habe kein einziges Foto, Jo. Seitdem habe ich kein Foto mehr gemacht. Es ist, als wäre mein Fotoapparat tot. Dadurch, dass er von den Händen derer berührt worden ist, die Kehlen durchschneiden und vergewaltigen. Ich habe ihn nicht aus der Tasche hervorgeholt. Ich konnte es einfach nicht.

Das ist jetzt vorbei, Étienne, das ist vorbei.

Nein, das ist nicht vorbei. Nicht in meinem Inneren. Es gibt Momente, weißt du, in denen ich mich frage, ob das jemals vorbei sein wird ... ich habe zu viel von dem Horror gesehen ...

Wenn man «zu viel» sagt, dann heißt das «nicht genug».

Was?

Ich sage Wenn man «zu viel» sagt, dann ist das noch nicht genug, sieh mich nicht so an, ich bin nicht verrückt. Du hast nicht genug gesehen, weil es noch unzählige Dinge und Leute zu fotografieren gibt, Étienne. Weil die Welt sehr weit ist und du ansehen kannst, was du willst, verstehst du, weil du die Wahl hast, was du ansehen willst. Nicht dort, wo man dich hinschickt. Sondern dort, wo du entscheidest hinzugehen. Dort wo du etwas sehen, fotografieren und mit anderen teilen willst. Das bedeutet es doch, Fotograf zu sein, oder etwa nicht?

Aber ich bin Kriegsfotograf, Jo.

Tja, dann sei doch fortan nur noch Fotograf.

Elfadine setzt sich im Eingang der Höhle, in der sie den alten Mann niedergelegt hat, auf den Boden. Nach der Plünderung der Wohnung haben sie lange durch Trümmerfelder laufen müssen. Sie hat den alten Mann getragen. Sie ist stark. Hier sind sie in Sicherheit, sie ist in ihre Berge zurückgekehrt. Hier kennt sie alles, und die Bewohner sind die Menschen, mit denen sie aufgewachsen ist, hier wird sie Zuflucht finden. Wenn es so weit ist.

Vorerst weiß sie, dass sie noch bei dem alten Mann bleiben muss. Denn weiter kann sie ihn nicht tragen. Und die Höhle ist ein sicherer Unterschlupf. Hier hatte sie als Kind mit ihren Kameraden gespielt. Eine Zeit der Unschuld, in der sie sich aus Spaß Angst einjagten. Heute ist die Angst Teil des täglichen Atemholens. Die Welt ist verrückt geworden.

Was ist aus ihren damaligen Kameraden geworden? Stimmt es, dass sich einer von ihnen von den bewaffneten Verrückten hat anwerben lassen, gemordet und geplündert hat? Wie ist es denkbar, dass sich die mit jauchzendem Geschrei gespielten Ängste der Kindheit in zusammengeschnürte Kehlen und vor Entsetzen erstickte Schreie verwandelt haben? Der alte Mann stöhnt leise. Sie legt ihm die Hand auf die Stirn. Ist froh, dass ihr Vater und ihre Mutter schon seit Langem tot sind, dass sie nicht mitansehen mussten, wie die Welt rings um sie herum verrückt geworden ist, und dass sie umgeben von ihrer Familie friedlich in ihrem kleinen Haus gestorben sind.

Der alte Mann hat nichts und niemanden mehr.

Daher zieht sie die Fotografien aus der Tasche, die sie in Eile hat aufsammeln können, nachdem die Verrückten fortgegangen waren und ihn für tot gehalten hatten. Sie hatte die Fotos aufgesammelt, ohne darüber nachzudenken, ohne zu wissen, was sie tat. Sie musste sich beeilen, ehe andere eintrafen, um die Plünderung zu Ende zu führen. So ist das inzwischen. Die Armeen töten, vergewaltigen und bemächtigen sich der größten Beute. Und die kleinen Plünderer folgen ihnen wie ein Fliegenschwarm auf die Gesichter der Leichen.

Sie faltet jedes Bild auseinander. Eins nach dem anderen. Sie nimmt einen großen flachen Stein und streicht damit die umgeknickten Ränder glatt. Sie betrachtet jedes Gesicht und ruft die Person an das Lager des alten Mannes, der im Sterben liegt. Damit auch er nicht so allein ist.

Sie denkt an den Fremden zurück, der eines Nachts in die Wohnung gekommen ist. Die Musik klingt ihr wieder in den Ohren. Und das hilft ihr.

Étienne steckt das Notizheft wieder in die Tasche. Er hat alles vorgelesen, und sie verstummen. Jofranka ergreift als Erste das Wort Und der Mann hinten im Auto?

Der war tot, Jo. Oder so gut wie. Nur eine reglose Masse.

Sie stellt sich vor, wie der Wagen anfährt, mit der Frau am Steuer. Der kleine Junge vielleicht auf dem Nebensitz.

Jetzt stellt auch sie die Frage, die Étienne verfolgt, Wie weit haben sie es schaffen können? Sind sie entkommen?

Siehst du, auch sie hat versucht, sich mit ihren beiden Kindern in das Wort «Überlebende» hineinzuversetzen. Jofranka sagt Ja. Sie stellt sich vor, wie die Frau mit ihren beiden Kindern ihr Büro in Den Haag betritt, das wäre wunderbar, auch wenn die Chancen äußerst gering sind ... Weißt du, vielleicht hast du sie gerettet. Die haben sich sehr beeilen müssen, als sie dich entführt haben. Das hat ihr Zeit gelassen.

Zeit. Étienne lächelt schwach. Zeit. Im Krieg wird die Zeit zersplittert und zugleich vervielfacht. An einem Tag erlebt man so viele Dinge, die nichts miteinander zu tun haben. Ganz kurze Sequenzen. Am Ende des Tages schwirrt einem davon der Kopf, ehe man in schweren Schlaf fällt. Um sich auf den folgenden Tag vorzubereiten. Im Krieg wird die Zeit wie mit einer Axt gespalten.

Auch Emma wollte mehr Zeit haben. Eine Zeit ohne Unterbrechungen für sie beide. Emma ist eine Frau des Friedens. Des Lebens. Wie die Frau dort unten. Sein Herz schnürt sich zusammen.

Ach Jo, ich wünschte mir so sehr, dass du recht hast.

Sieh nur! Sie zeigt auf einen Punkt am Himmel.

Ihr Lächeln. Das ist Enzo.

Glaubst du, er sieht uns?

Ich weiß nicht. Vielleicht ist das in dieser Höhe möglich.

Étienne folgt seinem Freund mit den Augen. Er drückt Jofrankas Hand. Komm, lass uns hinaufgehen, er ist bestimmt oben vom Berg gestartet. Wenn er zurückkommt, holt er seinen Wagen an der kleinen Kapelle ab. Da können wir auf ihn warten.

Emma hat den ganzen Tag ihren zweiten Ohrring gesucht. Sie hat sich über ihren fehlenden Ordnungssinn geärgert und sich dann aufs Bett gesetzt.

Na gut. Sie hat ihn verloren. Na gut, dann eben nicht.

Er hatte sie ihr aus Peru oder Venezuela mitgebracht, sie weiß es nicht mehr. Ein Paar Ohrringe, das sie immer dann angelegt hatte, wenn er von einer Auslandsreise zurückgekommen war. Wie einen Fetisch.

Seit sie ihm den Brief geschrieben hat, fühlt sie sich dazu berechtigt, die Ohrringe zu tragen, wann immer sie will. Ihrem eigenen Zeitsinn folgend.

Aber nun hat sie einen verloren. Sie betrachtet den anderen in ihrer Hand, weiß nicht, was sie damit anfangen soll.

Étienne hat ihren Brief nicht beantwortet. Er wird ihn nie beantworten. Das weiß sie. Die Notwendigkeit für sie bestand nur darin, den Brief zu schreiben. Sie legt den Ohrring auf das Kopfkissen, betrachtet ihn. Es ist nicht sehr kompliziert, sich zu sagen, dass eine Geschichte zu Ende ist. Was bleibt, ist die Liebe, die man empfindet, und die war noch nicht zu Ende, oh nein. Bis zu der Nacht am Meer mit Franck. In jener

Nacht, in der sie ihre eigene Zeit geschaffen und sich ihm hingegeben hat. Franck hatte sich ja Zeit genommen, ihr näherzukommen. Mit ihm ist die Zeit etwas Offenes, das spürt sie. Die leidenschaftliche Liebe zu Étienne war etwas, das immer auf den Zeitraum zwischen zwei Auslandsaufträgen begrenzt gewesen war, und davon war ihr allmählich die Luft ausgegangen.

Heute war auch das zu Ende.

Als sie morgens im Hotel am Meer erwacht war und Franck nicht mehr neben ihr im Bett lag, war sie in Panik geraten. Wie in den Momenten, wenn Étienne in der Ferne war, sich in Gefahr befand, und sie plötzlich aus einem Albtraum gerissen wurde. Noch halb verschlafen hatte sie sich, im Hinblick auf Franck, dieselben Fragen gestellt Wo war er? Abgereist? Verschwunden? Doch dann hatte sich etwas in ihr beruhigt. Sie hatte das Kopfkissen genommen, seinen Geruch gespürt und auf ihn gewartet. Er war mit noch nassem Haar vom Bad im Meer zurückgekommen Ich bin weit geschwommen, und das hat gutgetan. Sie hatte ihn in die Arme genommen. Auf ihn konnte sie in aller Ruhe warten. Dann hatten sie sich noch einmal geliebt, und sie hatte sich gesagt Falls ich schwanger werde, wäre ich überglücklich.

Den zweiten Ohrring wird sie in die Seine werfen, wenn sie zu ihm hingeht.

Sie betreten schweigend die kleine Kapelle. Zuvor hat Jofranka noch zu ihm gesagt Ihr habt mich nie in diese Kapelle mitgenommen, du und Enzo.

Nein, die war nur für uns. Der Weg hinauf ist sehr steil. Das ist nichts für Mädchen.

So so!

Er sagt nicht, dass sie beide eben einen Ort brauchten, den sie für sich allein hatten, ohne sie. Einen Ort, an dem nichts auf dem Spiel stand. Einen Ort nur für die Brüderlichkeit.

Sie setzen sich auf eine Holzbank. Die friedliche Atmosphäre hüllt sie ein. Hier erscheint alles einfach; das Leben könnte ganz friedlich verlaufen. Die ganze Woche arbeiten, sonntags herkommen, um zu beten, und in aller Ruhe seine Frau und seine Kinder lieben. Étienne ertappt sich bei dem Gedanken, dass so ein einfaches Leben nichts für ihn ist. Und beten hat er sowieso nie gekonnt. Er wirft einen Blick auf Jofranka. Sie ist ganz in Gedanken versunken, hat die Augen halb geschlossen.

Meditierst du?

Ja.

Ich kann das nicht.

Natürlich kannst du das! Wie jeder.

Nein. Dann sehe ich wieder diese Wand da unten vor mir, ich habe zu viel Zeit davor verbracht. Das gelingt mir nicht mehr.

Plötzlich steht er auf. Warum hat er sie bloß hierher mitgenommen?

Er spürt in seinen Beinen das Bedürfnis zu laufen. Er hat ja den Gebrauch seiner Beine wiedergefunden. Hier sitzen zu bleiben, neben Jofrankas Schweigen, nein, das kann er nicht.

Gehen. Rennen. Das zwingt sich ihm plötzlich auf. Seit gestern hat er zu viele Dinge aufgerührt.

Wieder ein Bündnis mit dem eigenen Körper schließen.

Er denkt an Enzo und dessen unkomplizierten Bezug zu den Dingen, zur Welt. Er denkt an die Menschen, an seine Kameraden. Er hat in der Zeitung gelesen, dass Sanders, der junge niederländische Journalist, der zur gleichen Zeit wie er entführt wurde, tot aufgefunden worden ist. Er hofft, dass man ihn schnell getötet hat, ohne Folter. Von Roderick hat er nichts gehört. Er weiß, was er für ein Glück hat, wieder hier zu sein, im Kreis der Seinen. Na dann.

Er läuft mit großen Schritten. Alles, was Jofranka ihm erzählt hat, empfindet auch er. Die Frauen, die sie empfängt, sind nur noch bedingt lebendig. Man hat ihnen jegliches Begehren genommen. Sie reden nicht mehr von Ehemann oder Kindern. Und er, kann er sich wirklich noch uneingeschränkt zu den Menschen zählen?

Denn auch ihm gelingt es nicht, das wiederzufinden. Das Begehren. Die Baumwipfel betrachten. Vergessen, was ihn so tief hat sinken lassen.

Glauben. Weiterhin glauben. An den Menschen. An etwas Gutes in dieser Menschheit. Er gehört ihr an. Er gehört ihr an, hat am eigenen Leib und in seinem Kopf erfahren, dass er ihr völlig angehört. Ja, diese Welt kann aus einer unsäglichen Metzelei bestehen. Ja, die Menschen können Barbaren sein. Alle. Jeder. Auch er. Bedeutet das, ein Mensch zu sein? Wie soll man der Menschheit aus tiefster Seele angehören? Sein Begehren ist angesichts des Horrors in ein tiefes Loch gefallen. Verloren. Verloren.

Étienne ballt tief in den Taschen die Fäuste. Emma war die letzte Frau gewesen, die er begehrt hat. Ihr Brief, in dem sie ihm von ihrem Bedürfnis nach Zeit fürs Leben, Zeit für ein geruhsames Dasein berichtet, hat ihn tief getroffen, obwohl er geglaubt hatte, ein dicker Panzer schütze ihn gegen solche Vorwürfe. Aber das tut er nicht. Er sieht wieder die an der Bordsteinkante parkende dunkle Limousine der Frau vor sich. Sie hätte ein gepanzertes Fahrzeug gebraucht. Nicht

lächerliche Flaschen Wasser. Ein lauter Schrei entfährt seiner Brust. Niemand kann ihn hören. Er brüllt.
Jofranka meditiert stumm.
Er aber brüllt. Wie nie zuvor. Als er bei den Bäumen ankommt, rennt er.

Mit zusammengebundenen Füßen, auf dem Rücken gefesselten Händen und der nach Parfüm duftenden Binde vor den Augen hat Roderick aufgehört, das Jammern der Mutter zu hören. Er ist in eine Art Benommenheit versunken.

Das Geräusch der Tür hat ihn geweckt. Er hält den Atem an. Da ist sie. Sie kommt näher. Er möchte schreien, dass er nur ein Journalist ist, nie eine Waffe in der Hand gehalten hat und daher nicht der Mörder ihres Sohns sein kann. Doch seine Kehle ist ausgetrocknet. Er stellt sich tot. Ohne nachzudenken. So wie er es schon einmal während eines Gefechts getan hat, um lebendig davonzukommen. Sich nicht mehr rühren. Nicht mehr atmen. Nichts mehr sein. Warten.

Sie steht direkt neben dem Bett. Er hört ihre Atemzüge. Sie beugt sich über ihn. Sie murmelt Worte, die er nicht versteht. Er bleibt ganz still.

Dann spürt er, wie ihre Hand flüchtig sein Gesicht berührt. Sie hat die trockene Haut und die harten Finger einer Frau, die von morgens bis abends arbeitet. Dennoch spürt er etwas Sanftes in dieser Hand. Ganz plötzlich sieht er seine eigene Mutter, die schon lange

Liebe Leserin, lieber Leser,

mit dieser Karte können Sie uns Ihre Fragen und Wünsche oder Ihre Meinung zum Buch mitteilen.

Diese Karte entnahm ich dem Buch: _____

Meine Meinung zu diesem Buch:

Ich habe folgende Fragen / Wünsche:

☐ **Ich bin damit einverstanden, dass meine Meinung eventuell veröffentlicht wird.** (Ggfs. bitte ankreuzen!)

Weitere Informationen zum Verlag Freies Geistesleben
und seinen Büchern finden Sie im Internet:
www.geistesleben.com | www.facebook.com/geistesleben

☐ Bitte senden Sie mir das aktuelle Gesamtverzeichnis
☐ Ich bin auch an E-Books interessiert
☐ Schicken Sie mir bitte Ihren monatlichen Newsletter

E-Mail:

Absender:

Name

Straße / Postfach

Postleitzahl / Ort

Deutsche Post
WERBEANTWORT

An den
Verlag Freies Geistesleben
Postfach 13 11 22
70069 Stuttgart

Bitte ausreichend
frankieren

tot ist. Die Hand hat seinen Kopf gehoben, sucht den Knoten der Augenbinde, nimmt sie ihm ab.

Da sieht er sie.

Der Schein der Morgendämmerung fällt in den kleinen Raum. Seine Augen haben Mühe, sich an das Licht zu gewöhnen, obwohl es nur sehr schwach ist. Er sieht die alte Frau neben sich. Sie murmelt noch immer Worte. Was sagt sie? Sie hat die ernste Miene von jemandem, der eine grundlegende Entscheidung treffen muss. Ihre beiden Hände liegen jetzt auf seinen Knien. Und das Messer.

Sie spricht, aber ihre Worte richten sich nicht an ihn. Betet sie?

Da spürt er, dass ihm nur noch eine Lösung bleibt: den Blick der Frau zu erhaschen. Damit sie in seinen Augen etwas sieht. Begreift, wer er ist. Es gibt keine andere Möglichkeit. Wenn sie ihm die Augenbinde abgenommen hat, dann doch nur, damit er sie sieht und auch sie ihn sieht. Er ruft sie leise Sehen Sie mich an, sehen Sie mich an, Madame, sehen Sie mich an, ich bitte Sie.

Sie redet weiter. Vielleicht wendet sie sich ja an ihren verstorbenen Sohn. Da spricht auch er, ohne nachzudenken, Sag deiner Mutter, dass ich dich nicht getötet habe, dass ich nie jemanden getötet habe, dass meine Arbeit darin besteht, die Wahrheit über das zu berichten, was sich abspielt. Ich ergreife nicht Partei.

Ich berichte, das ist alles. Ich habe nie eine Waffe getragen. Sag das deiner Mutter, sag ihr ...

Das Schluchzen unterbricht ihn. Er hält es nicht mehr aus. Da blickt sie ihn an. Eine ganze Weile. Sie sagen nichts mehr. Der Blick dieser Frau dringt in ihn ein. Das ganze Unverständnis derer, die Kindern das Leben schenken und dieses Leben durch die Gräueltaten des Krieges mit Füßen getreten sehen. Sie weint nicht. Sie blickt ihn an. Und diesen Blick wird er nie vergessen.

Sie legt das Messer auf den Nachttisch und geht weg.

Er sieht lange zu, wie das Licht allmählich in den kleinen Raum eindringt. Das Messer ist ein einfaches Küchenmesser. Und er weint vor Freude, lebendig zu sein.

Jetzt sind die drei jeweils allein.

    Enzo in der Luft. Jofranka in der kleinen Kapelle. Und Étienne, der nach seinem Lauf unter dem hohen Baum des Pakts Halt gemacht hat.

    Jeder an einer Spitze des Dreiecks.

Wer von den dreien hat sich als Erster in Bewegung gesetzt?

Enzo wird von einer warmen Strömung noch höher getragen. Er driftet in die Ferne.

    Jofranka steht jetzt auf, noch ganz erfüllt von der friedlichen Stille der Kapelle.

    Étienne verlässt den Schatten des hohen Baums.

Zwischen den dreien entwickelt sich eine nicht abgesprochene Choreographie.

Irène hat den ganzen Tag im Garten verbracht. Gestern hat man sie im Dorf gefragt, wie es ihrem Sohn gehe. Sie hat erwidert Es geht so, danke. Hat er sich von dem Schock erholt? Sie hat erwidert Ja, danke, das hat er. Und dann ist sie weitergegangen.

Sich erholen … nein, davon wird er sich nie erholen. Von so etwas kann man sich nicht erholen. Die Gräueltaten, die du irgendwo auf der Welt gesehen hast, nehmen dir einen Teil deiner selbst weg. Für immer. Nein, davon erholt man sich nicht. Um weiterzuleben, muss man etwas Neues erfinden. Man kann nicht einfach das frühere Leben wiederaufnehmen. Ihr Sohn hat die Angst in seinem ganzen Sein erfahren, die mögliche Barbarei in jedem von uns. Jetzt muss er die Sanftheit trotz allem, den Frieden trotz allem, die Schönheit trotz allem erfinden.

Er muss das neue Gesicht der neuen Tage erfinden.

Irène sagt sich, dass sie heute zu dem Mann, der in den Hügeln auf sie gewartet hat, Ja sagen würde, wenn er noch da wäre. Von Trauerzeit will sie schon seit Langem nichts mehr wissen. Auch wenn es zu spät ist, um es ihm zu sagen, ist es nicht zu spät, um es sich selbst zu sagen. Sie betrachtet die Vögel, die sich in ihrem Nest zwischen den Dachziegeln zu schaffen machen. Jedes Jahr wird es geduldig neu gebaut und dann wieder verlassen. In einem anderen Land in der Ferne ein anderes Nest für dieselben Vögel.

Irène denkt an die Mütter, die nicht das Glück haben, zu sehen, wie ihre Kinder, die in andere Kämpfe verstrickt sind, zurückkehren. Sie würde gern ihre Stirn auf die Stirn jeder Mutter legen, die nicht mehr wartet.

Jetzt hat Jofranka Étienne wiedergefunden. Sie ist an den Sturzbach gegangen, sicher, dass sie ihn dort antreffen würde. Die beiden Jungen sind immer dorthin gegangen.

Diesmal war sie es. Hat sie, als sie sich von der Holzbank erhob, gewusst, was sie tun würde? Hat sie immer gewusst … Sie ergreift wieder seine Hand Ich verlasse dich nicht.

Wie kommen solche Dinge zustande? Sie hat sein Gesicht gestreichelt und zu ihm gesagt Ich habe immer Angst vor dir gehabt …

Und vor Enzo?

Nein. Nie.

Er hat aber Glück.

Nein, das glaube ich nicht.

Jofrankas Hände legen sich auf seine Schultern. Étienne schließt nicht die Augen. Er betrachtet das Gesicht seiner Freundin. Ein beglückendes Gefühl, wie er es noch nie empfunden hat, wühlt ihn zutiefst auf. Jofranka. Er nimmt ihr Gesicht in beide Hände. Es ist ihr erster Kuss.

Von Jofrankas Lippen hat er schon vor so langer Zeit geträumt. Verboten. Dieses Begehren hatte er in solche

Ferne weggeschoben, dass er sich nicht einmal mehr daran erinnerte.

Jetzt legt sich Jofrankas Mund auf seine Schulter, gleitet bis zu seiner Brust hinab. Auf seiner ganzen Haut spürt er ihn. Er lässt ihn seine langsame Reise fortsetzen. Seine Hände streicheln ihr Haar. Er erlaubt seinem Körper endlich, das Begehren nach der Haut einer Frau wiederzufinden. Dieser Frau. Seiner Freundin. Seiner Geliebten. Eine Gewissheit. Nichts anderes zählt mehr. Seine Freundin. Seine Geliebte. Endlich. Das Begehren, unglaublich heftig und zugleich sanft. Er drückt sie an sich. Fest. Ganz fest. Hitzig. Im Körper der beiden die Glut. Kein Millimeter zwischen seiner und ihrer Haut. Die derart vereinten Körper schaffen eine neue, sich ständig wandelnde Form der Fülle. Sie flüstern Worte, ihre Lippen küssen sich. Ihre Finger finden sich, pressen sich gegeneinander. Jetzt hält Étienne seine Hände nicht mehr zurück. Sie erkunden Jofrankas Körper, entdecken, wie sich ihre Brüste anfühlen, ihre Haut. Ein Rausch. In ihre ineinander verschlungenen Körper finden auch die Bäume, der Fluss und die Wolken Einlass. In diesem Augenblick sind sie Teil der Welt, ja. Auf diesem Fleckchen Erde. Unbezweifelbar. Wenn auch nur für kurze Zeit. Den Schmerz all derer, die in demselben Augenblick anderswo auf der Erde getrennt, zerrissen, verzweifelt sind, kennen sie. Sie haben ihn sich einverleibt. Aber hier fegt die Glut ihrer Liebkosungen sowohl die Zeit wie den Raum weg.

Étienne küsst jede Parzelle des Körpers seiner Freundin, wie um ihn nie mehr zu vergessen.

Enzo hat sein Gleitsegel zusammengefaltet. Er ist so hoch und so weit weg geflogen, dass er davon noch ein bisschen benommen ist. Morgen muss er einen Schreibtisch abliefern, auf dessen Herstellung er so viel Zeit verwendet hat, dass er diese am Ende nicht einmal mehr berechnen konnte. Er will die Auslieferung selbst übernehmen. Nach Italien fahren, ins Land seines Vaters. Diesen Schreibtisch vertraut er nicht dem Lieferanten an, den er gewöhnlich mit dem Transport beauftragt. Er hat beschlossen, den Mann wiederzusehen, der dieses Möbelstück bei ihm bestellt hat. Er will mit eigenen Augen den Raum sehen, in dem sein Werk Platz finden wird. Aber vor allem will er mit diesem Mann sprechen, dem italienischen Schriftsteller.

Er hat eines seiner Bücher in der Sprache seines Vaters gelesen. Und dieses Buch hat ihn tief beeindruckt. Vielleicht weil er es gelesen hat, während sich Étienne in Geiselhaft befand. Es ist ein Buch mit kurzen, einfachen Sätzen. Und Enzo hatte sich gesagt, dass dieser Mann genauso mit Worten umging wie er mit Holz. Er musste sie erst fühlen, genau wissen, woher sie kamen, ihren Weg in seinem Inneren verfolgen, ehe er sie zu Papier brachte.

Dass dieser Mann bei ihm einen Schreibtisch bestellte, hatte ihn zutiefst gerührt. Der Mann hatte bei Freunden einen Bücherschrank gesehen, den er mit großer Freude gebaut hatte. Und er war eigens hergekommen, um ihn zu treffen. Enzo hatte sich gefragt, ob er zu dieser Arbeit fähig sei. Aber der Mann war einfach im Umgang, und ihr Gespräch hatte von Anfang an einen ungezwungenen Verlauf genommen. Dass der Schriftsteller seine Werkstatt hatte besichtigen wollen, hatte Enzo beruhigt.

Und nun wird er die Räume kennenlernen, in denen der Mann seine Bücher schreibt. Eine gerechte Aufteilung.

Enzo fühlt sich nach diesem langen Flug richtig leicht. Er lächelt vor sich hin, während er seine Ausrüstung zusammenpackt. Bis zu seinem Wagen muss er laufen, aber er liebt diesen Rückweg zwischen den Bäumen, noch ganz erfüllt von den wunderbaren Dingen, die er von da oben gesehen hat. Und vom Gefühl einer großen Freiheit.

Jetzt sind Étienne und Jofranka nackt. Sie sind ins Wasser des Sturzbachs gegangen. Jofranka hält noch immer Étiennes Hand in der ihren. Das Wasser ist kühl, aber sie liebt das leichte Erschauern der Haut. Als sie zu schwimmen beginnen, hüllt das Wasser ihre Körper ein, eine flüssige, besänftigende Liebkosung. Étienne hat die gewohnte Stärke seiner Arme wiedergefunden. Er schwimmt kraftvoll, und Jofranka hat ihm die Arme um die Hüften geschlungen. Sie werden nur durch Étiennes Armbewegungen und Jofrankas geschmeidige Beinschläge vorangetrieben. Dann lassen sie sich langsam von der Strömung tragen.

Vor Étiennes Augen zieht wieder das Bild der Tiere im nächtlichen Pelz vorüber. Dann das der Flaschen Wasser, erst auf den Armen der Frau, dann auf denen der Kinder. In seinen Ohren kein Kampflärm mehr, nur das leise Rauschen des Wassers. Die mit dem Wasser des Flusses gefüllten Wasserflaschen. Jofrankas Stimme, die die Melodie des Trios summt. Die Vibrationen ihrer Stimme schwingen auf seinem Rücken mit. Er dreht sich um, nimmt sie in die Arme. Sie lacht. Er sagt, heute Abend müssen wir das Trio spielen, Jo.

Irène hat das Wohnzimmer so hergerichtet, dass die drei, die sie in den Armen gehalten hat, ihren gewohnten Platz darin einnehmen können. Heute Abend wird es das letzte Mal sein, das weiß sie.

Enzo hat seinen besten Wein mitgebracht. Er hat gesagt Ich fahre morgen weg, um ein Möbelstück abzuliefern. Und er hat hinzugefügt Ich glaube, ich werde die Gelegenheit nutzen, um etwas von dem Land zu sehen. Ich weiß noch nicht, wann ich wiederkomme …

Irène hat gesagt Das ist gut, du bist nie weggefahren. Du auch nicht.

Aber durch Louis' und später Étiennes Reisen bin ich immer ein bisschen woanders gewesen. Außerdem verträgt der Garten keine Abwesenheit, und meine Wahl ist nun mal zugunsten des Gartens ausgefallen …

Enzo hebt sein Glas in ihre Richtung. Auf dein Wohl Irène, auf deine Reisen, ohne wegzufahren.

Auf euer Wohl, meine Kinder.

Sie behält ihr Glas in der Hand, während sie spielen. Ihr Trio. Sie haben sich ernst niedergelassen.

Und die Musik setzt ein. Langsam, ernst, verzaubernd.

Étiennes Rücken ist kerzengerade. Diese Partitur hat er dort unten so oft in Gedanken gespielt.

Enzo betrachtet Jofranka. Wenn sie spielt, kann er ihr Gesicht betrachten, weil sie dann anderswo ist. Und plötzlich begreift er, dass er dieses Anderswo an ihr geliebt hat, das Anderswo, das er nicht zu erforschen gewagt hat. Das Anderswo, das er seither in den Armen anderer Frauen gesucht und nie wiedergefunden hat. Jofranka war darin ganz groß. Jetzt spürt er tief in seinem Inneren, dass er sich auf die Suche nach diesem Anderswo machen will. Der Mann, der bei ihm den Schreibtisch bestellt hat, bringt ihn, ohne es zu wissen, dazu, den ersten Schritt wer weiß wohin zu tun, aber darauf hat er Lust. Wie noch nie. Heute Abend hat Jofrankas Gesicht seine Macht verloren. Jofranka, die wer weiß woher kommt und sich den Frauen vom anderen Ende der Welt zugewandt hat ... Das Anderswo will sich Enzo Schritt für Schritt herstellen, auf eine ihm angemessene Weise.

Jofranka weiß, dass sie morgen wieder abfährt. Diese Nacht ist für Étienne, ihren Freund. Zum ersten Mal in ihrem Leben werden sie miteinander schlafen. Vielleicht zum letzten Mal. Von dem, was hier geschehen ist und geschehen wird, erwartet sie nichts. Nur die Gegenwart zählt, und das ist ein wahrer Segen.

Morgen kehrt sie zu den Frauen zurück, die keinerlei Segnung in dieser Welt erfahren haben. Sie weiß, dass sie ihnen besser denn je wird zuhören können. In ihr hat sich ein Raum geöffnet, dessen genaue Form sie noch nicht kennt, aber dessen Weite sie bereits erahnt. Ihr Blick und Irènes Blick begegnen sich. Irène lächelt. Jofrankas Herz ist von einem sanften Gefühl erfüllt, das sie sich nie hätte erträumen können.

Étienne hat die Augen geschlossen.

Jetzt kann er die Frau mit dem schweren Haar und den beiden Kindern bis zum Schluss begleiten. Er spielt. Schöpft in dem Trio die Kraft, die ihm bisher gefehlt hat. Er findet den Teil der Partitur wieder, der ihm während seiner Haft immer gefehlt hat. Jetzt kann er sich die Frau vorstellen, wie sie am Steuer sitzt und fährt. Lange.

Der Wagen mit den getönten Scheiben fährt durch eine trostlose Landschaft. Die Kinder haben die Augen geschlossen, schlafen aber nicht, sie werden hin und her geschüttelt aufgrund der chaotischen Fahrbahn. Der reglose Körper des Mannes ist zur Seite gerutscht, und der kleine Junge versucht, ihn aufrecht zu halten. Er lehnt sich an ihn, um ihn zu stützen, und seufzt. Er hat den Arm um die Schultern des kleinen Mädchens gelegt. Die Frau wirft einen Blick nach hinten. Sie lächelt ihnen zu. Sagt Habt keine Angst, Kinder, wir sind gleich da. Und dann streicht sie sich die schwere Haarsträhne aus der Stirn.

Vor ihnen liegt das Meer.

Es ist kein richtiger Strand, hier geht nur das Festland sanft zu Ende. Sand und Kieselsteine, kleine fest verwurzelte Pflanzen. Die Kinder sind glücklich. Vorher waren sie oft sonntags hier gewesen. Die Wellen sind schön. Sie steigen aus.

Hier wird sie ihn begraben.

Dann geht sie mit den Kindern ans Meer.

Das Trio begleitet sie. Die Mutter und die Kinder haben die Schuhe ausgezogen. Ihre Fußabdrücke im Sand. Étienne denkt an die Vögel und das Durcheinander ihrer Spuren am Strand, den er eines Tages mit seinem Vater entlanggelaufen ist.

Er wird seinen Fotoapparat nehmen. Wird wieder ans Meer fahren. In Zukunft wird er bei jeder Aufnahme, die er macht, genau ermessen, welches Gewicht das Leben hat.

Und jetzt weiß er, dass all die Tage und all die Nächte, die ihm noch bleiben, nicht ausreichen werden, um in der Welt Dinge zu suchen, die der Hoffnung Nahrung geben.

Dank

Mein Dank gilt Jean-Paul Mari für seine Texte, meinem Bruder für seine Worte.

Ich danke auch Elisabeth Rabesandratana, Rechtsanwältin und Beraterin am Internationalen Strafgerichtshof von Den Haag für das äußerst hilfreiche Gespräch.

Und ich danke Jacques Froger für die Auskünfte über das Cellospielen und das Gleitsegelfliegen.